目錄

第一章

魔法師的預言

北方的冬天,是童話的季節。漫天飛雪在風中飄舞,原野山川披上了一層晶瑩的冰雪,而且越來越厚。風雪似有情,環繞着一間小木屋低吟淺唱。

這一天,是聖誕節前夕。十歲的李丹妮在家裏忙碌着,燒水,編織羊毛襪子,照顧生病的媽媽。家裏沒有挂着彩色吊飾和燭光的聖誕樹,沒有糖果,沒有親人們來送禮物,但她依然平靜地幹着她自己該幹的活兒,一點兒也不沮喪。她身邊的破舊櫃子上,坐着兩個可愛的玩具:芭比娃娃黎莎和泰迪熊笨笨,那還是在爸爸去世前,聖誕老人送來的禮物,他們陪伴了她好幾年了。

那時,丹妮的家裏不這麼貧窮。和其他的芭比娃娃一樣,黎莎也擁有光彩的倩影,曼妙的身材和恬靜的臉龐,是專門爲小女孩設計的,而且她還是典型的陶瓷版,目前市面很暢銷呢。這個可愛的洋娃娃穿着講究的碎花絲綢連身長裙,鑲着雙層蕾絲花邊,套着蕾絲透明長襪,腳穿水晶高跟鞋,眼睛會動,一眨一眨地,靜靜地呆在那裏望着自己的主人。而泰迪熊笨笨的個子與黎莎差不多高,是上等的毛絨玩具,手工縫製,圓臉形,好像總是帶着微笑,脖子上有絲質的領結,表明他的紳士身份,他那憨態可掬的樣子,恰和自視甚高的黎莎形成鮮明對比。他們一直和小丹妮形影不離。

今天下午,小丹妮用親手織成的羊毛襪子換回了僅够充饑的麵包和玉米。但她絲毫不灰心,笑着對媽媽說:"我用毛綫的碎綫頭爲自己編了一隻短襪子,我會把我的短襪子放在窗台旁。聖誕老人不會忘記我的!"晚上,看着小丹妮把短襪子挂在窗台那裏,一向剛直的媽媽也流下了難過的眼淚。

萬沒想到,聖誕老人真的來了!第二天一早,小丹妮看見,靠近火炕的窗台上有一個毛茸茸的小禮物,一隻受了傷的小鳥兒!又冷又餓的小鳥飛向溫暖的小屋,卻撞在玻窗上了。小屋裏的人和玩具們都歡呼了,大家精心呵護着小鳥兒。是的,沒人看見的時候,黎莎和笨笨是會動的。他們幫着丹妮爲牠療傷,喂牠吃麵包屑,陪牠一起玩兒,丹妮還給牠起了個名字叫靈靈。仿佛,整個冬天都暖和起來,丹妮媽媽的病也漸漸好了,小木屋裏充滿了歡聲笑語。

傷愈的小鳥兒終於等來了春天,牠長大了些,腿傷完全好了。牠的毛色純白,翅膀的下半部分是黑色,稍長的尾翼是全黑色,體態輕盈,叫聲婉轉。但牠必須走了,牠是屬於天空的呀,何況,牠還要去找牠的媽媽和伴侶。放飛的那天,丹妮推開了窗戶,小鳥靈靈盤旋在小屋上空許久,終於越飛越高,翅膀擦過林梢,飛入雲間。窗邊的黎莎沒有想到牠能飛得那麼高,那麼遠。她用力眨着眼睛,掩飾着自己的羨慕和無奈。

丹妮每天去學校專心讀書,成績優異。時光飛逝,轉眼夏天過去,秋天來了。一天傍晚,誰也沒有注意的時候,遠方的雲層裏出現一個小點,等到丹妮發現院子裏有翅膀的扇動聲,那只小鳥靈靈已經落下來了。牠嘴裏銜着一個什麼東西,輕輕放在丹妮手上,啊,竟然是個精美的水鑽配飾,亮閃閃的,是美麗的十字形,還帶着一條細細的項鍊,看上去價值不菲。牠不停地撲閃着翅膀,嘰嘰叫着,直到丹妮把這個水鑽項鍊帶在黎莎的頸項。"謝謝! 謝謝你們!"黎莎忽閃着長長的彎彎的睫毛,眨着眼睛表示感謝,"不知是哪個粗心的女孩子丟失的?好吧,這麽雅致,我喜歡。"黎莎用眼神說,她一向是會用眼睛說話的。黎莎許久沒有值錢的衣服穿了,原先的早舊了,也壞了。現在穿的是碎花棉布裙,也沒有高檔花邊,胸前配上這個數十顆小水鑽組成的十字架很提氣質。

鳥兒一扇翅膀,飛上了半空。"牠是來表示愛和思念的,用一顆心。"丹妮帶着黎莎和笨笨一起送牠出院門。靈靈已不見踪影,只見滿天星光顯現出來,一閃,一閃,越來越多,越來越亮,真像一顆顆鑽石嵌在絲絨的夜空。浩瀚星空如此迷人,他們不自覺地坐在院子裏,一邊聊天,一邊抬頭數起星星來。她時常與兩個玩具朋友交談,她相信牠們能聽懂她說什麽,而她也能聽懂牠們心裏的回答。木桌上有蠟燭的燈檯,很明亮,剛好可以映出他們臉上的輪廓。

"你們好!"一個渾厚的嗓音喚道。丹妮回頭,看到一位瘦高個子的男人,他自稱是浪游魔法師,路過這裏,要口水喝。丹妮拿出新摘的秋梨給他,請他坐下歇息歇息。

"這個水鑽值點錢,還是施華洛世奇的品牌呢!"魔法師看着芭比娃娃黎莎胸前亮閃閃的十字架吊墜說。黎莎剛剛有點高興,卻又聽他說:"不過,水鑽就是水鑽,是水晶玻璃罷了。要真正的鑽石才是昂貴的珍寶,才有價值。"

"芭比娃娃都是公主,她本人就是珍寶,她是陶瓷製品。"丹妮見黎莎有點泄氣,就幫她說話。

"沒錯,她的氣質不俗,看上去頭腦很聰明。但還少了經歷。更重要的是,很不幸,她是空心的,陶瓷只是外殼。讓她去尋找命運之星吧!也許,讓那顆星光照進她的軀殼,她就有心了。"魔法師看着她,又抬頭指了指夜空,指向天穹深處,"就在那裏,有一顆鑽石結構的星星。你們看不見,但用天文望遠鏡可以清楚地看到。"

魔法師不知道,這一刻黎莎經歷了冰火兩重天。魔法師戳穿了她空心的痛處,而絕大多數芭比娃娃卻是實心的。然而他又給自己指了一條路,她恍惚看見了一綫希望。魔法師見孩子們都盯着自己，就有了興致，開始娓娓道來，孩子們的眼前立時出現了一幅奇異的畫卷：

2011 年8 月，澳大利亞天文學家發現了一顆由鑽石組成的行星。2012 年10 月，美、法科學家也宣布在巨蟹座星群中發現1 顆表面散布鑽石的行星55Cancrie。這是首顆被發現的圍繞類似太陽的恒星運行的鑽石行星。這顆行星圍繞一顆小脉衝星旋轉。它上面的溫度應該很熱，發出的白光看起來非常美麗。它是由碳原子構成的，換言之，這是一顆超大的鑽石，半徑爲地球的兩倍，質量爲地球的9 倍。這顆鑽石星星距離地球4000 光年，大約是從地球到銀河系中心距離的八分之一。

"天哪！"黎莎暗自驚呼。

"多少人想去接近它，開采昂貴的鑽石寶藏，但遙遠的時空距離無法跨越，只能望天興嘆了。"最後他說："我是魔法師，也會說預言，剛才我得到啓示，這顆星據說是一位芭比公主的命運之星。"

"我想起來了，"丹妮突然說，"不久前，我在電視裏也看到過一個圖片新聞。說有一顆全是鑽石結構的星星。不過它的距離實在太太遙遠了。"

"天哪!"黎莎再次感嘆。有人的時候玩具都不會出聲,只有玩具之間才能。

魔法師更認真了,對着黎莎又說,"有一天,你會與它相遇。"他指了指天空,"只要你肯去尋找。耶穌說,尋找的就尋見。你不是聖誕禮物嗎?應該相信耶穌的話。當然啦,你要準備付上生命的代價。"

"那麼遙遠的距離,怎麼可能?"黎莎眼裏滿是疑惑,那一綫希望在縮小。

"再見了,孩子們!"魔法師意味深長地笑了笑,起身離去。大家都沉默了,望着夜空中那些星星,在一顆恒星的背後有一顆鑽石行星,哪一顆是它呢?黎莎沒有完全聽懂,但她用心記下了,有一顆星很重要,而且與自己有關。但那4000光年意味着什麼?嬌滴滴的她就無法明白了。

她只記下了,有一顆星……

第二章

龍捲風與林中篝火

　　李丹妮已經小學畢業了，她以第一名的高分考上了縣城裏最好的重點中學。這個周末，她從學校回來看媽媽，說起她就讀的中學在募捐，因爲有個名叫"恩雨"的政府所轄的慈善組織在給幾個殘疾兒童福利院和孤兒院募集玩具和衣物。

　　丹妮輕輕拿起芭比娃娃黎莎和泰迪熊笨笨，她只有他們兩個玩具朋友，別的一無所有。但她不得不將他們捐出去，她愛那些殘疾孩子，他們有些還是嬰兒甚至還是孤兒呢，而且，他們也是上帝心中的寶貝，她應當爲他們做些什麼。

　　"黎莎！笨笨！你們是我最親愛的朋友，相信你們會理解這一切，理解我的心。我希望你們帶給那些孩子快樂……"淚水溢出眼眶，一串串滴下面頰。此刻，她緊緊地抱住兩個玩具，一邊一個，親吻着。黎莎和笨笨的頭上臉上都濕了。

　　"黎莎！我愛你，希望你幸福。我有一個直覺：你去做上帝喜歡的事情，就是在接近那顆星。誰知道呢？但我們盡努力就好了！"丹妮對左邊的黎莎說。

"你要保護好黎莎,她外表自負,其實很脆弱,還不懂世故……"丹妮又對右邊的笨笨說,表情好像是在托孤。黎莎的鼻子又酸了起來。

然後他們被小心地裝進丹妮的手提布包裹,上車,回學校,交給老師。

"你們兩個不要分開。我一定找機會去看你們。上帝與你們同在!"丹妮揮揮手。黎莎和笨笨在講台上也揮揮手。他們相信丹妮的話。

於是,黎莎和笨笨一起被裝進紙板箱,和其它紙板箱一道放上了帶棚的卡車。

車子開了很久,道路崎嶇又顛簸,好像沒有盡頭,玩具們在紙箱裏很擁擠。黎莎拉了拉自己被壓住的裙角,她忽然想到,這樣開下去會不會離那顆星更近呢?也許能啊,我要努力,我要做上帝喜歡的事情。

接下去發生的事完全背離了星星的閃念,背離了玩具們對福利院的憧憬。

那一次特大龍捲風來得很突然,隨着一聲仿佛爆炸的巨響,它從公路的左側奔襲而來,像一頭脾氣粗暴的猛獸,又如飛機在低空掠過,沿途的房子屋頂竟像滑翔翼般飛起來，接着房子的其他部分也跟着崩解四散，較輕的碎片可能會飛到三百多千米外。它對所經過地方的建築破壞相當嚴重，簡直是毀滅性的。公路上已經亂作一團，玩具們的卡車與其他車輛猛烈碰撞，他們的車被徹底掀翻了，黎莎和笨笨的手緊緊握着，一道滾出來，四處是轉動的車輪，危險萬分。

　　但這還不是最可怕的。黎莎和笨笨他們的卡車遭遇了最危險的打擊——"龍吸水"！風夾着雨滴，把橫掃過的地方，把所觸及的東西，樹木，車輛，貨物，吸卷而起。不幸的是，黎莎和笨笨也被吸卷而起，他們什麼也來不及想，就在所形成的高大的柱體漩渦中，被卷到了高空，又被極快的風速推向不知道的遠方。

　　黎莎第一次懸空這麼高，耳旁的風聲似鬼魔的怒吼，時而在控告，時而在咒罵，時而又高高地揮起蛇蝎般的鞭子抽下來……黎莎無處可躲，驚恐地捂住臉龐高喊："誰來救我?!"仿佛，隱約中有誰擋住了鞭子。是笨笨！雖然，笨笨和黎莎一樣，被這場劫難完全打蒙了，可他的手還緊緊拉着黎莎不鬆開。但恐懼、羞辱、驚慌、迷茫，還是抓住黎莎不放，被撕扯的疼痛使她感到末日來了。

但隨即，黎莎聽到了一個微小的呼聲，好像來自很遠的地方，那是……那是，那是丹妮在祈禱嗎？"救救他們！主啊，救救他們！"這呼求一聲比一聲急切，急切而堅定，竟超過了風魔的喧囂。黎莎開始覺得自己的腦子出了問題，因爲丹妮此刻分明遠在學校裏面。可是風柱裏的邪氣還在攪動，在這滅頂之災中，除了信靠丹妮和她媽媽所信的上帝，他們還能指望什麼呢？於是，黎莎也閉上眼睛合掌呼求道："主啊，救救我們！求用你天上的大能力復活的大能力護佑我們！"

"孩子，不要懼怕！不要掙扎！此刻，你們是在龍捲風柱的中心，相對安全。安靜等待吧，等待降落的時機！"挾着各種碎片的漩渦中竟然響起了這樣一個聲音，這不是笨笨，而是一個超自然的語音在回應！即刻，早已撐不住的黎莎，繃緊的神經居然一下子放鬆了，接着便昏睡了過去。

當黎莎再次睜開眼睛時，她和笨笨已經躺在草叢裏了。天空淅淅瀝瀝地下着小雨，他們全身都濕透了。她不知道,時間已經過去了兩個半小時,他們從空中越過兩個省,已經來到了中原地區。當時,似乎有一隻無形的手托了一下,風柱落地時奇迹般地減速了,笨笨抱住她首先着地,黎莎在他上面。除了驚嚇帶來的疲倦,黎莎沒有大礙,只是胸前的十字架吊墜上掉了一顆小水鑽,丟失了。

雨漸漸停了。他們翻身起來,趕緊議論該怎麼辦,去哪裏呢?

"去找兒童福利院!這裏雖然離丹妮很遠很遠了,但我們只要去福利院,就能聯繫上丹妮。"黎莎肯定地說。

"是的,去福利院,丹妮也容易找到我們。"笨笨同意了。

黎莎沒有說出,去兒童福利院,是做上帝喜歡的事情,就能接近那顆星啊。

沒等他們商量怎麼去呢,一串響聲近了,接着,笨笨被一隻大腳踢了一下,或者說,是笨笨絆了那只大腳一下。

"什麼東西?"那人停了下來,拾起笨笨:"是一隻小熊玩具,"我是泰迪熊啊,這都認不出來,比我還笨。笨笨心裏說。"啊,還有一個寶貝。"他又發現了黎莎。"我知道了,你們是被龍捲風刮過來的,和我一樣。你們是要去支援兒童福利院的吧?"原來,他正是那輛卡車上的一位搬運工,名叫大林。

"帶我們去兒童福利院吧,大林叔叔!"黎莎眨動眼睫毛,用眼睛渴求說。

大林聽懂了,或者說,是猜到了。他仔細凝視着黎莎的眼睛,忽然有一道微光一閃,他的神情有些恍惚,好一會兒才點了點頭。但他是個打工仔,身上沒有錢回到那麼遠的地方了。反正自己是農民工,在哪裏都一樣,剛才想就近找個城鎮去打工的。於是和玩具們商量,說,就近找個福利院也行吧,反正都是獻愛心嘛。黎莎無奈地默許了,既然回不去,只要是福利院,就都與慈善組織有聯繫,就一樣能找到丹妮。大林與他們兩個拉了拉勾,成交了。

大林看了看方向,帶着玩具們往南走去。一路上吹着口哨,撿着樹枝,沿途又收容了一位年輕的同路人小馬。

天黑的時候，他們還沒有見到村莊人家，便在林中空地上點火取暖，大家吃了一些漿果充饑。至於玩具們，當然是不吃東西的，與他們一起席地而坐，烤幹了身子。篝火熊熊，火苗雖不大，卻也很舒適。

但忽然，黎莎差點兒叫出聲來，"天哪！"那會兒小馬拾起旁邊的一捆柴，放在火上，她恰好看見柴裏鑽出一條灰黑色的毒蛇，正蠕動着快速接近大林的赤腳，而大林正在打盹兒。"主啊！救救大林！求你快救救他吧！"黎莎不假思索地祈禱呼救，雖然沒有出聲，瞬間火苗已傾斜了過來，蛇頭好像被灼傷了，只見牠立即轉身，鑽入林中的草叢，不見了。

黎莎長出了一口氣，她對丹妮所信的上帝深深嘆服，感恩不已。此前黎莎一直有一種飄忽的情緒，好像下面隨時會踩空似的。這一夜，第一次，黎莎感覺到裏面有了一種踏實感，安全感，感覺到自己與一個神秘而強大的存在聯繫起來了。

笨笨和兩個男人都睡熟了，鼾聲如雷。黎

莎卻睡不着,她抬起頭來,雨霽天晴,夜空中繁星閃閃,她凝望着,直到把能看到的星空攝影在自己的腦海裏。她尋找着,有一刻,她似乎確定,屬於她的那顆星就在長長的銀河系一處闌珊的星座背後,她看不見,卻能感應到那一片美麗的白光。只是,4000光年的天文數字意味着什麼,她實在不可能明白。反正她就是想要,她從來沒有像此刻這樣想要有一顆心,一顆真正的心,她要成爲有心靈的真正的芭比公主!

天亮時分,他們醒來了,繼續往南走,翻過一個小山坡,便看到前方有一座城鎮的輪廓。聽過路人說,那就是A城。大家不禁都歡呼起來,畢竟,希望就在眼前啦。

第三章

九重之上

　　九重之上,萬靈的父住在人不能靠近的光裏。

　　他坐在高高的寶座上。他的衣裳垂下,遮滿聖殿。殿前有火,熊熊的聖火。

　　有聲音像衆水的聲音和大雷的聲音,伴着裊裊金琴,在讀着彼得前書1章:"你們是大有喜樂,但如今,在百般的試煉中暫時憂愁。叫你們的信心既被試驗,就比那被火試驗,仍然能壞的金子,更顯寶貴。"

　　要我們在聖潔上完全的天父,知道煉淨金銀的爐火的價值。他一邊挑旺那爐火,一邊在那如同水晶般的玻璃海邊,準備好一個個不同的模子……

　　李丹妮與媽媽一道,找到慈祥的田牧師。在聽說出事的第一時間,丹妮就開始爲黎莎和笨笨迫切禱告上帝。可是,兩個多月過去了。

　　"我每天都在爲他們禱告。我也向'恩雨'慈善機構報告了情況,可是他們找遍了出事地點及周邊地方,就是不見黎莎和笨笨的踪影。他們還在聯繫所屬的幾個兒童福利院,並尋求友鄰慈善機構的幫助。"

"這樣, 還是沒有任何消息嗎?"田牧師手中翻着聖經, 關切地問道。

"是的, '恩雨'方面說, 已經超過了有效搶救期限, 可能希望不大了。"丹妮幾乎掉淚了。

"你的看法呢?"

"我認爲, 黎莎和笨笨還活着, 他們需要我們的幫助。我有把握, 因爲我在禱告中, 幾次感應到黎莎的聲音, 就是說, 黎莎也在禱告! 而且幾乎和我同時!"丹妮肯定地說。其實, 丹妮是聽不見黎莎說話的, 但黎莎在禱告時帶着呼吸, 這呼吸可以轉換成聲波, 被丹妮的"靈"感應到。

"那你就不要太着急了。他們有神同在, 就還是安全的。"田牧師放心了。

"怎麽知道他們有神同在呢?"丹妮困惑地問。

"她的禱告連你都感應到了, 必然也會達到天上神的寶座前啊。"

"那神爲什麽還不帶領他們進福利院, 好快點爲主工作呢?"丹妮不明白。

"神的道路高過我們的道路, 神的意念高過我們的意念。也許,神要行新事?"田牧師思忖着,"我們要的是工作,是成績。而神要的是生命,是品格。"田牧師好像心中有底了。

"神要的是生命,是品格。"丹妮重複着,好像明白了,又好像沒有明白。"那我們現在該做什麼呢?"

"等候神。等候神的時間和帶領,並用禱告托住他們。"田牧師溫和地回答。

丹妮轉過臉來,看見媽媽向她點了點頭,抿着的嘴角露出堅毅的笑痕。

九重之上。

慈愛天父的目光一邊望着爐火,觀察着裏面合金的成色,一邊穿過星雲,關注着小如微塵,又大如茫茫海濤的人寰。雲上,有千萬天軍隨時待命,如弦上的箭矢……

第四章

生日宴会

　　Ａ城。一處建築工地附近，那些簡陋的磚木結構的老房子裏，住着許多建築工人，多是農民工。大林、小馬帶着黎莎和笨笨都暫住在此。

　　傍晚時分，這裏熱鬧起來。忽然有琴聲飄出，情思委婉悠長的那種，是從誰家的舊電視裏飄出來的，竟然是馬思聰的小提琴獨奏"思鄉曲"！雖然音響設備不好，但那情深意長的琴聲如泣如訴，魅力依然，直入人的靈魂深處。

　　這時，大林和小馬在幾家人共用的小廚房裏炒了幾個新鮮蔬菜，又取出下班時帶回來的兩瓶啤酒和一份鹵豬肉，一起擺上桌，然後，快樂地笑着邀請黎莎和笨笨也圍坐在桌旁。原來，今天是大林在遠方的獨生女兒燕子的生日，作爲爸爸，他每年只能在春節回家一次，畢竟錢掙得不够多，平時每頓晚飯只能吃兩個饅頭。但思念女兒的心使他無論在哪裏，都要在這一天慶祝一番。只有這樣，他心裏才好受一些。

　　黎莎挨着大林，笨笨挨着小馬。但他們只能站在木椅上叠加的小凳子上，才能看見餐桌上的東西。他們不吃食物，每人面前擺着一隻裝水的小口玻璃瓶，一支茂盛的綠葉植物插在水裏，已長出細細的根須盤結在瓶底。這也是大林的杰作，他從外面采回一叢不知名的綠葉植物，莖也是柔軟的綠色，說插在水裏就能活，果然分插在幾瓶裏都活了，擺在窗台上，點綴得小屋裏生機盎然。他們來到A城三個月了，因爲這城裏沒有兒童福利院或者孤兒院，他們又沒有能力即刻又趕往另一座城去找，只得先在這裏找到活兒幹着，掙點錢，同時打聽附近的城市有沒有這方面的機構。

宴會很快開始了，大林和小馬一起舉杯碰杯，頗具儀式感地爲燕子慶祝八歲生日。她在老家上二年級了，平時還要給家裏幹些農活，因爲媽媽也時常不在家，會外出做月嫂，供給她的學費。一杯酒下肚，大林話多了，他從懷裏掏出一包東西，小心地找出一張燕子的照片，他首先拿給黎莎看，"我的燕子，你看，她像你吧？"黎莎睜大眼睛，看呆了。平時，大林總是特別照顧黎莎，他盯着黎莎的眼神總有些憂傷，常看得黎莎的鼻子酸酸的。他也總是能看懂黎莎想說的話，一心希望能够滿足黎莎的願望。一次他告訴黎莎,他的女兒燕子非常像黎莎,特別是眼睛。面前這張燕子的半身照,一下子吸引黎莎的就是眼睛,清澈靈動,會說話的那種,仿佛,長長的彎彎的睫毛一忽閃,就如含羞草的葉簾開合了一般。

"我一定要幫你們找到福利院或孤兒院,昨天我又在網上查了,路最近的有這種機構的就是C城,C城有一個"福生孤兒院"。等錢存够了我就帶你們去。再耐心等一下吧。"大林又舉起了酒杯。"這一杯爲你們的丹妮。"他從黎莎的裙子上看到了這個繡上的名字,猜中了丹妮是黎莎原來的小主人。

啤酒原是不醉人的,可大林已經臉紅紅的,輕輕起頭唱起了一首歌,一首深沉抒情的歌曲,草原上白雲下的那種情調,優美而有穿透力。

"鴻雁,天空上,對對排成行;江水長,秋草黃,草原上琴聲憂傷……"歌聲縈繞着房頂,又飛出了窗櫺,引得屋外的路人和打工仔們都駐足凝聽。正是"誰家玉笛暗飛聲,散入春風滿洛城。此夜曲中聞折柳,何人不起故園情。"

"鴻雁,向南方,飛過蘆葦蕩;天蒼茫,雁何往,心中是北方家鄉,天蒼茫,雁何往,心中是北方家鄉……"平時大林常常愛哼小調,笑呵呵的,沒想到他還能唱出這麼蒼凉悠長情韻的歌。不知不覺,黎莎和笨笨的眼眶濕潤了,淚珠不斷綫地滴落下來。是的,他們想起了自己的小主人丹妮,想起了北方美麗的家園,那飄灑的雪花,那溫暖的爐火,那廣袤的森林,那歡跳的鬆鼠,特別是丹妮的擁抱,還有她和媽媽每晚祈禱的靜謐時光,"丹妮啊,你現在好嗎?想我們了嗎?你答應說,一定找機會來看我們。可現在,我們相隔幾千里之外,你知道嗎?你和我們還能見面嗎?何日見面呢?"

看到玩具們都傷心了,大林趕緊把他們移到窗台下,那裏有一籠小白兔,大林知道,黎莎和笨笨最喜歡這籠小兔了。

這是大林爲他們買的,買來時只有大拇指那麼點大,說是黎莎和笨笨在家寂寞,可以陪伴他們,長大了還可以賣些錢,貼補他們去找福利院的路費。每天,大林小馬放工回來,總是會從菜市場帶些有幫的菜葉子，喂給小白兔吃，看着牠們吃得很歡，一口一口的，葉子就漸漸小了，消失了，他們也忘記了疲勞。

大林和小馬不知道，沒有人的時候，玩具們是會說會動的，他們來到兔籠面前，給這六隻小白兔分別起了名字，小白，小絨，小球，小胖，小雪，等等。他們伸手進籠子裏觸摸牠們，喂牠們吃菜幫，托着牠們的手跳舞，做游戲，一會兒是龜兔賽跑，一會兒是拔蘿蔔，一會兒是小紅帽，可開心啦。看着牠們一點點長大，玩具們覺得自己的願望好像也一點點地接近了。

"鴻雁，北歸還，帶上我的思念，歌聲遠，情存長，草原上春意暖，"小馬沒注意玩具們的動靜，邊喝酒邊繼續高聲唱着。

小馬一點兒也不知道，厄運正等着自己。他和大林所建的那座大樓快竣工了，正在拆腳手架。可就在三天后的一個下午，他們正在腳手架上操作，不料小馬頂上高空墜物，一根鋼管落下，砸中了他一側的胳膊和大腿，他不由自主地旋轉了兩圈，連着安全帶滑落下去，右腿當場就骨折了，血流不止。

而此刻，大家都沉浸在慶祝的、思念的、微醉的、釋放的氛圍裏，桌上的菜碟已經空了，啤酒瓶子也空了。他們沒有蛋糕，但大林準備了一根粉紅色的蠟燭，上面刻着一個8字，放在大林親手做的一個金色燭台上。燭台是荷葉邊的，很精緻。大林將黎莎和笨笨都放回到座位上，等着小馬唱完最後幾句歌詞：

"鴻雁，問蒼天，天空有多遙遠，酒喝幹再斟滿，今夜不醉不還，酒喝幹再斟滿，今夜不醉不還。"這悠揚的歌聲裏不再有悲傷，有的只是面對生活艱辛的豁達和勇氣，以及與朋友間相濡以沫不離不棄的真情。

該吹蠟燭了。黎莎悄悄將那張珍貴的燕子的照片放在大林面前，示意他拿着，並爲燕子許一個美好的心願。她用眼睛告訴大林，"今天許的願都能實現。"

蠟燭點着了，金紅色的燭火像一團熠熠發光的寶石。大林捧着燕子的照片，充滿愛意地看了好一陣，然後卻放進了懷裏，貼近心口的地方。

"還是放在這裏吧。"大林關了燈,緩緩地說:"今天,黎莎就好比是我的女兒,我要爲她許一個心願:求上帝賜福保佑她和笨笨找到一個最適合他們的福利孤兒院,賜福悅納他們的奉獻和愛心,並保佑他們有一天能和丹妮再相會!"

大林一口氣吹熄了燭光。然而,黎莎眼前卻仍然晶亮亮的,好似昏暗的小屋正從喧鬧的世界裏隔離出來,緩慢地接近一片美麗的白光。隱約有一股熱力注入到黎莎的胸中,以致她的全身熱血沸騰,像要燃燒起來。

第五章
"福生孤兒院"的陷阱

C城。"福生孤兒院"的臨時倉房裏。

這一刻,黎莎和笨笨真的到了幾乎絕望的境地。孤兒院的孤兒們休息的房間已經關上了房門,他們沒有方法再進去,只能呆在這個臨時倉房的一個紙箱裏,門關着,門外正對着的大門口有看門的,他們想出去也不行。

這是一個難熬的下午,黎莎先對笨笨開了口:

"還記得剛來到這裏的那天嗎?我們是多麼興奮,憧憬着看到許多小朋友,看到許多小寶寶,憧憬着帶給他們快樂,憧憬着一起玩游戲的有趣時光,萬沒想到……"

大約半年前,A城的某建築工地上,農民工小馬出了事故,高空鋼管墜落,砸中他的胳膊和大腿。他從腳手架上失去控制地滑落下去,腿部受了重傷,失血很多,送到醫院。當時,大林毫不猶豫地伸出手臂,爲他獻血400毫升,因搶救及時,算是保住了他的性命,但養傷還需很長時間。住院期間和出院後的休養期,大林都義不容辭地承擔了護理的重任,悉心照顧他,希望他今後能夠重新站起來。黎莎和笨笨也倍感痛心,雖然做不了什麼，但能陪伴着他也覺得好受一點。

然而，三個月前的一天，大林將黎莎和笨笨託付給了一位大巴車司機。他說不能再耽擱了，他用僅存的一些錢，加上賣掉所有的小白兔的錢，交給一位看上去很忠厚的司機師傅，託他將黎莎和笨笨順路時送到C城的"福生孤兒院"。黎莎和笨笨見大林已經定意，只好順從，依依不捨地離開了大林和療傷中的小馬叔叔。

"萬沒想到，高興了還不到一天，就失望了，唉！"笨笨無意識地盯着門邊的那個水泥桶，桶裏有一點剩下的水泥漿，他轉過頭，重重地嘆了一口氣。

萬沒想到，外觀看上去不錯的"福生孤兒院"，竟是一個名義上的收容所，一個非法賺錢的騙局和陰謀。他們表面上接受社會上的捐贈，其實他們根本不需要玩具，不需要收容的孩子們有快樂的生活。那個姓劉的胖子是這個私立孤兒院的院長，他收下黎莎和笨笨，當着那位司機的面，將黎莎交給一個三歲的殘疾女孩，把笨笨放在一個嬰兒牀裏，那裏是一個被遺棄的男嬰，還不到一歲。孩子們接到玩具,高興得眼睛都亮了。他們分別擁抱着玩具,不禁手舞足蹈起來。黎莎和笨笨也很喜歡他們的新主人。司機師傅滿意地走了。

可是,到了晚上,保育員們就將黎莎和笨笨從孩子們手裏拽出來,丟進了隔壁房間的角落的一個大筐子裏,再也沒有還給那兩個孩子。筐子裏有許多舊玩具,小猴子,米老鼠,喜羊羊,多啦A夢,長頸鹿,天綫寶寶,唐老鴨等。但所有的玩具都只是在有人參觀或上頭來人檢查時,才又拿出來給孩子們玩玩,隨後就又被扔在筐子裏。到後來,那些看上去太舊或不太值錢的都被當做垃圾偷偷扔掉了。黎莎和笨笨算是幸運,被認爲是值錢的高檔玩具,就留下來等着與另一些值錢玩具一起派用場。還好,她胸前的水鑽十字架仍在,沒有被保育員沒收。

黎莎不甘心,笨笨也不甘心。他們想弄請楚這一切到底是怎麽回事?於是他們多次遛出筐子,竊聽到一些電話片段。他們還利用每一次有人參觀時被拿出來與孩子們接觸的短暫機會,以及夜晚孩子們休息了保育員離開的時間，悄悄溜出來，觀察了休息室、活動室、甚至保育員工作室，發現了一些蛛絲馬迹，進而瞭解到一些駭人聽聞的秘密：

這家福生孤兒院不按國家法規，養和教並行，而是以賺錢爲目的，打着慈善收養的旗號，非法募捐、集資，並公開收養孤兒、棄兒。他們一方面利用網絡，一方面電話聯繫，甚至派人親自出動，尋找孤兒，尋找各個醫院裏被棄的殘障嬰兒，路邊或垃圾桶裏被棄的未婚而生的私生子。在擁有了孤兒資源的優勢後，他們就到處打廣告，找人非法推銷，尋找收養的人或家庭，高價把孩子賣出去，說是作爲福利基金。有殘障的賣價三到五萬元，健全的要賣七到十萬元。前來領養的人還不少，從全國各地來領養的都有。他們因此獲取了高額利潤。

直到有一天，一個保育員指着黎莎和笨笨說，"他們在這裏太久了，恐怕知道得太多就不好了。"於是，他們被拎起來，扔在了這個倉房裏，無奈地等候着。一天又一天過去了，一個月又一個月過去了,雖然隔幾天倉房裏就有人進出,可他們還是想不出法子逃出去。

"我們必須要出去!我們要把舉報信寄出去!我們一定要揭露這裏的內幕,救出可憐的孩子們!"黎莎握着拳頭對笨笨說,那神情完全不像她以前嬌滴滴的樣子,"唉,孩子們實在太可憐了,"

"是的,最可恨的是他們虐待孩子!非打即罵,甚至虐待致死,那兩個可憐的唐氏綜合症幼兒,就莫名其妙的被折磨死了。"笨笨憤憤地說。還揮了揮拳頭,

"我們一定要出去,要找到真正的屬於我們的福利院。"

"他們還給嬰幼兒喂食安眠藥,讓他們白天夜晚都睡覺,而不願花時間哄孩子玩兒。看,我那天晚上從抽屜裏偷出來的。"黎莎掏出一瓶安眠藥,這是證據啊。有兩次,黎莎親眼看見保育員倒出瓶裏的安眠藥,碾碎了,放進豆漿裏給嬰兒喝。對方發現她在注視,還重重地打了她幾下,說:"雖然你不會說話不會動,但也不應該知道得太多!"

　　黎莎心疼孩子,夜間溜進保育員辦公室,悄悄地從電腦上打印出來一份舉報信。信裏除了舉報孤兒院的劣迹罪行,還寫明瞭他們掌握有證據。她本來就會拼音,在丹妮那裏學的,再學操作電腦也無師自通。她還偷出了一封貼了郵票的空信封,將舉報信裝了進去。因爲他們沒有手機,無法撥打110報案。

　　"嗯,幸好進倉房前就寫好了舉報信。可是怎麼逃出去呢?"笨笨發愁了。

　　"你們想逃嗎?"突然,倉房裏傳來一個沙啞的男聲。

　　"你是誰?"黎莎和笨笨同時驚覺地問道。

　　"我是小科,別慌!" 對面不遠的紙箱裏探出一個腦袋,"你們的談話我都聽見了,我是你們的朋友。"

　　黎莎和笨笨鬆了一口氣,小科是比他們先來的一個機器人玩具,也是"恩雨"慈善機構贈送來的,曾被認爲是值錢的高檔玩具,因爲他能走,所以被看管得很嚴。他和黎莎和笨笨很少搭話,一對橢圓的眼睛卻很靈活,閃着真摯的光芒。

"你是什麼時候來倉房的?"黎莎問道,憑直覺她相信小科是自己人。

"我偵查到了他們的機密,還有確鑿的證據。他們不知道,只覺得我又出現在他們的辦公室,很憤怒,就把我打了一頓,還把我的腿用鉗子夾斷了。然後扔到這裏,他們認爲我活不了了。遇見你們,是我的幸運,也是孩子們的幸運。"無意中聽到黎莎和笨笨的談話,他便知道機會來了。

黎莎想起前天晚上有人曾進來過,沒想到是小科遭了殃,不禁深深地憐憫和同情他,"我們能幫你嗎?我們非常願意爲你做點什麼。真的!"

"你們能幫助孩子們。但你們手中沒有足够的證據,而我身上有。"

"什麼意思?"

"我有個秘密。"

第六章

驚險逃離

　　原來，小科有個秘密，只有他自己和製造他的人知道。即：他的一隻眼睛裝有攝像機鏡頭，可以錄像錄音，自動保存起來。起初，他發現了這家孤兒院的異常，就悄悄地出來看，悄悄地錄像錄音，從他們對嬰幼兒的虐待，到他們賣出嬰幼兒的電話錄音，以及他們得到轉帳轉款的電腦記錄，他都取得了證據。前幾天，他破譯了院長劉某的私人電腦的密碼，上網看到了孤兒院的資金帳簿，以及他們謀取暴利的分贓記錄。他都拍攝了下來。“如果你們逃出去，可以帶着你的舉報信，以我的這只眼睛和你的安眠藥爲證據，設法報案公安局。我沒有了腿，手臂又太短，肯定逃出不去了，但你們能。不過，你們要在你們的舉報信上加上我的眼睛這個證據的隱藏地點。”

　　聰明的黎莎明白了，“你是說先將證據藏起來，然後在舉報信上說明一下證據藏在哪裏，對嗎？可是怎麽加呢？這裏沒有電腦呀。再說，你的眼睛怎麽可以拿出來呢？你怎麽可以只用一隻眼睛活下去呢？”

　　她的話沒落音，就見小科在自己身上按下

一個按鈕，一隻眼睛立刻掉出來，"天哪!"黎莎驚得用手捂住了臉，笨笨也哎呀了一聲。當黎莎鬆開手，見小科那眼眶只剩一個幽深的空洞。小科把那只眼睛托在手上，交給黎莎，讓黎莎用以報案。他笑着說："別哭了，或許，我來這裏的使命就是這個，付上生命也值得。我很高興我做到了。而且我留下來，可以做證人呀。"

黎莎迅速地擦乾眼淚，意識到自己也有使命，她走上前，小心地接過那只珍貴的眼睛，就像接過一顆使命之星，把它和安眠藥一起包起來，像包裹一顆寶石。小包裹大約有一隻乒乓球大小。可是，藏在哪裏呢?

笨笨這時也過來了，他剛才在倉房裏轉了一圈，推開了一些什麼東西。這時，他指着倉房左邊的角落，那裏有一個小洞，是原來通水管的，後來改做倉房了，水管也撤了，找臨時工堵了一下。時間長了，現在朝房間裏面的那處又脫落了一塊，空間大小正合適。黎莎和笨笨一起將那個小包裹鄭重地放了進去，笨笨用門邊那個桶裏的剩水泥糊封了表面。倉房裏本來就沒有刷白灰，所以基本看不出來。他又推過原來的紙箱遮住，還原本來的樣子，就萬無一失了。小科伸出手臂，遞來一支筆，"這是倉房裏記錄重要物品用的，就在收據簿那裏放着。我無意中看到了，就拿了一支，沒想到現在用上了。真是天意！"

黎莎感激地接過筆，在舉報信上的顯眼位置加上了小科的眼睛和安眠藥等證據的隱藏地點和詳細方位。並在小科的指點下找到了膠水把信封封好。在信封上她認真地寫着抬頭和收信人：C 城市公安局刑偵大隊。落款寫着：證人黎莎和笨笨、小科。黎莎還不放心，她知道事情不那麼簡單，於是雙手合十在胸前，跪下祈禱："主耶穌啊，爲了可憐的孩子們，求你保佑我們，帶領我們成功地逃離！"

黎莎和笨笨做了兩手打算，直接送派出所，不行就送郵局，哪裏近，方便，就送哪裏。小科卻說，他曾從電腦上調出C市的地圖看過，知道福生孤兒院到公安派出所或郵局的路線。他回憶了一會兒，用筆杆在地上畫了一張簡要的路線圖，說："從地圖上看，郵局要近得多。"於是他指給黎莎和笨笨去郵局的詳細路徑。

但是，怎麼逃出去呢？他們的目光同時投向一個朝外的窗台，窗台太高了，必須有繩子才能操作。這時夜幕已經降臨了。

天濛濛亮的時候，睡不着的笨笨立了功，他在一個麻袋裏找到了幾條毛巾。他將毛巾縱向剪開成寬布條，黎莎把布條與布條繫起來，連成了一根繩子。小科立即托着笨笨的腳，幫助笨笨帶着繩子從凳子上面疊羅漢，終於爬上了唯一的窗台，推開朝外的窗戶，在掛鈎上系好了繩子。然後，他讓黎莎順着繩子也爬上窗台。他們離開小科時很難過，小科失去了雙腿，又捐出了一隻眼睛，傷得不輕啊。小科在底下向他們揮手，示意他們要快走，於是，黎莎不敢再耽擱，馬上順着繩子滑下去，落在地上。接着笨笨也滑了下去。

這時天亮了，大門那裏開了一道縫隙，有人出來了，是看門的。

“誰？”他發現了，但沒看清楚，於是打手機喊人來追，同時喝道：“是偷東西的嗎？站住！”

正在這時，黎莎和笨笨看見右邊有一輛送奶

的小貨車正在啓動,連忙飛跑上前,貼身抓住車沿,彎腰藏身在奶瓶旁邊。真是上帝保佑,車的方向正是去郵局的方向。路上人與車多了起來,好像甩掉了追的人。他們不知道,是小科在裏面推開了倉門,扔出一個空筐子,吸引了看門人的視綫,但他自己卻被捆住了。

過了郵局不遠,車才停了。黎莎和笨笨立刻翻身下車,往回走了幾步,剛好郵局開門營業。他們溜邊進去了,趁郵局的員工沒注意,黎莎悄悄地將身上帶着的舉報信投進了綠色的郵箱。好,大功告成!

不幸,郵局外面已經有追捕的人了,他們沒有懷疑郵局,就在附近尋找。他們不能安全出去,只好藏身在門後等待。非常幸運,郵局有輛車要出去送貨,停在了門口。黎莎和笨笨個子小,在司機沒注意的當兒,爬上了車棚中的貨物裏。

然而,車子剛開動,追捕的幾個人就騎着摩托跟了上來……過了一條街又一條街,換了一輛車又一輛車……出了城區又往鄉鎮開去……

當黎莎和笨笨終於被一個司機拋下車,追捕

的人竟然沿着公路繼續向前追去了。其實，追捕的人一直看不見他們的身影，而是依據他們栖身的車輛，來回的動靜來判斷並追踪的。他們這時才發現，兩人被甩進一處水塘中的蘆葦叢裹，雖然沒有受什麽重傷，但卻置身於泥水中，卡在蘆葦裹，周圍根本就沒有人家，只能在寒冷潮濕裹過夜了。好在黎莎經歷了這麽多，早已不再嬌氣，不再怨天尤人了。

　　第二天早上，笨笨還在打鼾，黎莎就醒來了，她聽到一個溫柔的聲音，像雞叫聲，但比那柔和，像牛叫聲，但比那微弱，像是……是一頭小毛驢在叫！黎莎看見了牠，忙叫醒了笨笨。奇怪的是，小毛驢全身銀灰，一副溫順的樣子，身上雖有一個粗布鞍子，卻是空的，也沒有主人在牠身邊。牠向黎莎和笨笨友好地叫着，同時一步一步走下水，當牠游到他們面前時，水正好浸到牠的背。黎莎高興地拍起手來，是上帝派來救他們的呀！要曉得，她第一次知道毛驢會游水！黎莎和笨笨爬上牠的背，在牠的鞍子上坐下。小毛驢轉身游水上了岸，出離泥淖。就向着寬闊的田野一路小跑而去。

開闊的原野如彩色的地毯,一片片小麥抽穗了,碧綠碧綠的,一塊塊油菜花吐蕊了,金黃金黃的。"好愜意啊……"嗅着沁人的芬芳,黎莎非常開心。遠離了,遠離了蛇蠍毒信,遠離了小馬負傷的噩夢,遠離了劉姓院長的牢獄,遠離了背後追捕的憧憧魔影。黎莎放鬆下來,她不知道自己現在何處,但願意任小毛驢載着他們一直走下去,哪怕走向天涯海角。但忽然,她想起丹妮托付自己的任務,是去兒童福利院工作。她不知道,小毛驢帶着他們是去那裏嗎?

夕陽西斜。小毛驢跑向淺丘深處,爬上一個翠綠的山坡,眼前出現了一道碧波潺潺的河流,河上有一座高高的石橋,牠記得,過了橋不遠就到達了。牠放慢速度踏上兩道山壁間橫架的石橋。

石橋本來不長,只有幾十米,但有點高,也有點老舊。這個時段車輛很少,應該不會有事。可誰也不會想到,小毛驢背後有輛摩托車開近了。突然,摩托車的一個車輪飛彈出來,導致車子失衡,東倒西歪地亂撞,一下子撞上了前面的小毛驢! 毛驢被撞倒在橋欄處, 毫無準備的黎莎和笨笨被撞飛起來, 掉向橋下, 一切都發生在短短的幾秒鐘。

黎莎和笨笨重重地向下沉落! 好在笨笨沒有忘記拽住黎莎的手臂。可他們頭朝下貼着崖壁向下沉落, 萬分危險!"耶穌救我!"黎莎放聲高喊着。瞬間, 她聽見一個超越一切的呼喚:"抓住!"恍惚是丹妮在媽媽重病時禱告的聲音。可是, 抓住什麼呢?但剎那間, 他們竟然停在了空中, 正確地說, 她和笨笨懸在了崖邊峭壁上, 她抓着笨笨的肩膀, 而笨笨, 則雙手穩穩地抓着扎在橋墩木楔子裏斜支出來的兩個鐵釘子上! 鐵釘子為什麼會在這裏? 為什麼會向斜支出? 這些他們都無暇去想, 此時的笨笨驚魂稍定, 雖然釘子扎進雙手痛得鑽心, 卻感覺自己抓着的不是鐵釘, 而是整個世界的中心。是的, 他抓住了耶穌的手, 耶穌釘痕的手依然鮮紅, 而他們則躲進了磐石的深處。他們身雖懸空, 卻在神的翅膀下安然穩妥。仿佛, 有幾片花瓣掉落下來, 芬芳了身邊綠色的枝葉……

第七章
鑽石形成的環境

學校初三班的自習課堂裏,李丹妮獨自捧着書在讀。這兩天,物理課上的是有關地球鑽石的形成,她非常感興趣。此時,她認真地盯着課本上的圖片和文字解說,可不知怎麼回事,心裏卻不自覺地轉念想起了別的,想起了自己所愛的玩具黎莎和笨笨。

分離已經快兩年,昨天終於傳來了好消息。"恩雨"慈善機構與丹妮聯繫上了,說:雖然還不知道黎莎和笨笨現在具體在哪裏,但他們的行踪已被發布在網絡上了,他們因勇敢地舉報"福生孤兒院"的內幕和罪行,幫助公安部門取到了證據,又有小科做證人,順利破獲了這個隱藏多年的非法組織。黎莎和笨笨的智慧和勇氣受到了贊揚和表彰。只是他們被劉某的孤兒院追捕後,不知逃到了什麼地方,"恩雨"機構正在努力尋找當中。"福生孤兒院"已被取締,受害的孩子們也都做了妥善安置。所以,估計很快就能找到逃亡的玩具們了。

"棒棒噠!你們做了上帝喜歡的事情,我愛你們!只是讓你們受苦了,我好心痛你們噢。"

丹妮做了一個飛吻的動作，"不負重托的寶貝們，快些見到你們就好了。"

當時，丹妮立刻打電話將好消息告訴了媽媽，也告訴了一直關心、一直爲他們祈禱的田牧師。"這就好了，有神與他們同在，他們就應該是安全的。苦難是有盡頭的！當然啦，苦難也是不可避免的。"田牧師在電話裏說："我有預感，主對他們有美好的心意。但熬煉是不可少的，是必然的。"

想到這裏，丹妮連忙從書包裏拿出媽媽給的那本64K的聖經，翻到田牧師給她推薦的幾處經文，她一遍遍細讀着：

"我熬煉你……你在苦難的爐中，我揀選你。"（賽48:10）

"耶和華啊，求你察看我，試驗我，熬煉我的肺腑心腸。因爲你的慈愛常在我眼前。我也按你的真理而行。"（詩26:2,3）

丹妮小聲重複着："熬煉你，試驗你……"忽然，她再次打開物理書。

這一課是：地球鑽石的形成。

化學成分：百分之99.98的碳。

物理性能：是天然礦物中的最高硬度，其脆性也相當高，用力碰撞仍會碎裂。源於古希臘語Adamant，意思是堅硬不可侵犯的物質，是公認的寶石之王。也就是說，鑽石其實是一種密度相當高的碳結晶體。鑽石是世界上最堅硬的、成份最簡單的寶石，它是由碳元素組成的、具立方結構的天然晶體。

碳是一種很常見的元素啊，很常見的碳，竟能變成最昂貴稀有的鑽石，這其間必定有不一般的經歷和原因吧？

丹妮這樣想着，繼續往下看，一個個畫面過來又過去：

澳大利亞、加拿大、南非、巴西，各自捧出鑽石礦藏，近了又遠了，畢竟那些還不是成品。接着，比利時、以色列、美國等國的鑽石切磨中心凸顯出來，那些切磨中心高端精緻而複雜，緊連着尊貴的成品鑽石商店，明亮而耀眼。那矜持珍貴的鑽石成品，在透明玻櫃裏聚焦着人們關注的視綫，放射出自己獨特的光芒。是的，鑽石具有發光性,日光照射後,夜晚能發出淡青色磷光。X射綫照射後,會發出天藍色熒光。因爲極其珍貴,重量使用專用的單位"克拉"來表示。

一顆顆美麗的鑽石,鑲嵌在新娘的結婚戒指上,代表着聖潔的愛情。

一顆名叫非洲之星的鑽石,它鑲嵌在英國女王的權杖上,是世界上最大的鑽石,代表着權力和王者的地位。

而一顆顆在上帝眼中看爲貴重的鑽石,將被嵌入天上的聖城,將被鑲嵌在至高無上的冠冕上。它們象徵着什麽呢?生命?品格?

丹妮自問自答着。她忽然發現,書上寫着鑽石的常見外形有:圓形、橢圓形、欖尖形、心形、梨形、方形、三角型及祖母綠形等。她驚奇地說:"還有心形的鑽石呢!我竟不知道。"

接着,她用手輕輕拍了一下桌子,說:"下面該是重點了。"

果然,書裏說,碳元素在較高的溫度、壓力下,結晶形成石墨。而在高溫、極高氣壓及還原環境(通常來說就是一種缺氧的環境)中則結晶爲珍貴的鑽石（無色）。科學家們經過對來自世界不同礦山鑽石及其中原生包裹體礦物的研究發現，鑽石的形成條件一般爲壓力在4.5-6.0Gpa（相當於150-200km的深度），溫度爲1100-1500℃。

　　不知不覺，丹妮的眼前，出現了地球深處的景象：橙紅色的烈焰在涌動、在噴薄、在加熱，周圍的岩漿在燃燒、在擠壓、、在融化、在流淌，經過了十幾億年，三十幾億年，甚至四十幾億年，漫長的苦煉，漫長的忍耐，漫長的演化，這些鑽石的原礦早已在地球深部結晶，再結晶，成爲世界上最古老的寶石。

　　還有兩種鑽石是由火山爆發作用產生的。形成於地球深處的原礦由火山活動被帶到地表或地球淺部，經過風吹雨打等地球外營力作用而風化、破碎……

　　"高溫，高壓，極高氣壓及缺氧的環境，地球深處，火山噴發，風化，破碎……"丹妮默念着。"熬煉你，試驗你，"她又重複道。不知怎的，她竟想起了那顆鑽石之星，那顆超大的鑽石行星，其形成該需要怎樣的宇宙條件呢？她無法想像。她驚嘆上帝的奇妙創造，她也感慨黎莎的命運之途。星路啊，星路！注定了是崎嶇的，迢遙的，神秘的吧？她定睛在一張鑽石圖片上，心裏有些莫名的沉重。

　　"有神與他們同在，他們就應該是安全的。神有美意在後面。"田牧師的話又響起在丹妮的耳旁，她不禁輕輕地舒出一口氣。

第八章

蘇蘇和雨點

　　起風了,孩子們在臥房裏睡得正香。起風了,夜晚山谷的風帶着寒意從那扇開着的窗戶裏吹進來,將大花圖案的窗簾吹得飄拂起來,擺動不停。

　　阿姨輕輕推門進來,打着手電,快速把窗戶關上了。她轉身看看兩張小牀,一張睡着蘇蘇,一張睡着雨點,而黎莎和雨點睡在一起,笨笨則與蘇蘇同睡。阿姨舒展開眉毛微微笑了笑,伸手爲他們理理被子,直起腰來的時候不知爲什麼嘆了口氣,才緩緩轉身離開了。

　　到了後半夜,估計叔叔阿姨都睡了,黎莎和笨笨悄悄起來了。他們下牀到玩具櫃那裏,黎莎拿起了拼圖卡片,用心地猜像着拼好後的整體圖樣;笨笨打開零部件箱子,取出一些零部件,開始安裝圖示上的小轎車及其它造型。笨笨不小心踩到了一隻橡膠鈴鐺,立時發出釘釘的聲響,好在聲音不大,孩子們沒醒。"有點像靈靈的叫聲。"黎莎暗暗地想着。眼前不覺出現了兩天前的一幕:

　　起風了,懸空的笨笨有些撐不住了,抱着它

的黎莎也暈眩起來。下面是亂石穿空,是湍急的溪流,流向不可知的遠方。

就當他們在空中搖蕩的時刻,就當黎莎感覺山巒旋轉起來的當兒,倏地,雲中飄落兩片雪翎,羽箭一般迅疾!多麼熟悉啊,黑白相間的毛色,飄逸靈動的身姿,婉轉如珠的啼喚,是靈靈!是靈靈和牠的伴侶!儼然從九重之上受命而來,牠們徑直落到黎莎和笨笨的身邊,令他們又驚又喜。靈靈長大了,長成一隻成熟的靈鳥,約有白鷺那麼大了。不過,來不及詢問和敘舊,兩隻鳥兒用腳爪分別抓住黎莎的兩隻手臂,用力扇動翅膀,飛升起來,轉眼便到了橋上,然後又用同樣的方法將笨笨救上來,都放在小毛驢的背上。

小毛驢起身前行了,鳥兒們用粉紅的喙嘰嘰地叫着,悠悠飛上了半空,一路引領,並示意毛驢和玩具們跟在牠們後面。過了橋,下了坡,又走了兩個時辰,竟然到了一個小鎮。小毛驢穿街走巷,跟隨着鳥兒,一直走進了一家院門。

靈靈和牠的伴侶在上面盤旋了一圈,靈靈邊飛邊轉過頸項,凝視了黎莎一會兒,隨之一前一後,越升越高,快速消失在藍空。

"這裏不像福利院啊,"黎莎心裏嘀咕着。但她相信靈靈的帶路,所以順服地停在驢背上。

一對約莫三十左右的夫妻迎了出來,那位阿姨慈眉善目,略顯羸弱,笑盈盈地說:"旅旅回來了!這一個星期你到哪裏去了?叫我們好找。"她上前發現了黎莎和笨笨,"還帶回來一對寶貝呢!正好給孩子們做玩具。就是有點髒了,要好好洗洗。"後來黎莎就直接稱她阿姨了。那位丈夫則有點胖,也笑眯眯地上前來說:"很不錯的玩具啊,泰迪熊給蘇蘇,芭比給雨點吧。"說完,將玩具交給妻子,就去栓驢了。原來旅旅是他們一周前走失的毛驢,平時用來為小賣部拉車取貨送貨的。

當阿姨將玩具拾掇乾淨了,衣服烤乾,才帶進孩子們的房間。"看!我給你們帶來了什麼?"這時黎莎和笨笨看見了兩個小孩子,他們正在看圖畫書,寫作業。原來,他們是兄妹,都是殘疾兒童,大的叫蘇蘇,十二歲了,左胳膊因病被手術截肢,只剩了一小段,在上小學六年級。小的叫雨點，生得十分白淨，才六歲，是小兒麻痺後遺症患者，一條腿有些跛，必須手持一個拐杖，所以沒有上幼兒園。黎莎感覺臉上有些發熱，因為她立刻就喜歡上雨點了。

雨點伸出手，接過黎莎，圓圓的臉上笑開了花兒，她一笑眼睛就眯起來，像彎彎的月亮，睫毛也彎彎的，嘴角也彎彎的，分外惹人憐愛。雨點緊緊地抱住黎莎，用甜甜的嗓音說："啊，我的公主！我的公主！"笨笨在蘇蘇的懷裏也受到寵愛，奇妙的是，蘇蘇立刻就用好聽的童音給他取名："我的笨笨！"

夜晚，阿姨在堂屋燈下為黎莎縫製新裙子，而玩具則被允許和孩子們一起睡在各自的牀上，一起聽叔叔手機裏的童話故事。孩子們睡熟了，黎莎和笨笨悄悄起來觀察了孩子們現有的玩具。他們看到了有積木兩套，拼圖卡片兩盒，零部件一箱，用來安裝小轎車、宇宙飛船、超人、恐龍霸王龍等等。

第二天，黎莎有了新裙子，是粉紅色全蕾絲的公主裙，她穿上正合適，善良的阿姨還將那個十字架水鑽項鍊小心地爲她戴在頸項上。阿姨手真巧啊,黎莎感激地望着她,眼裏含着感動的笑意。新的一天就這樣開始了,孩子們吃完早餐,蘇蘇背上書包去上學,叔叔阿姨去忙店裏的事務,只有雨點留在家裏。好在現在有黎莎和笨笨陪着雨點,她不再孤單了。

在雨點面前,黎莎和笨笨不能說話行動,但雨點願意和他們談話,她是個情商很高的女孩,能感知對方喜歡聽她說。於是,他們才知道了,叔叔阿姨沒有生育,他們又愛孩子,這兩個殘疾孩子都是孤兒,是親兄妹,是叔叔阿姨花錢從孤兒院依法領養的。領養到家裏有三年了,他們很愛這兩個孩子,兩個孩子也都視他們爲親生父母。蘇蘇和雨點住大房間,帶書房一起,阿姨和叔叔則住在小房間。

黎莎和雨點很快就心相契合,彼此愛慕了。這不僅是因雨點稱她爲“我的公主”,滿足了她的虛榮心,還因爲雨點身上有一種黎莎喜歡的說不清楚是什麼的韻味,不知爲什麼,雨點很有內涵,卻很單薄,很柔弱,令人憐愛,正是黎莎覺得

可以保護她的那種類型。一直被人保護的黎莎
其實很想要那種保護人的感覺。

不過，黎莎和笨笨第三天就發現，孩子們搭
積木花樣很少，拼圖完全拼不出來，用零部件安裝
也很不熟練。不單只雨點，蘇蘇也好不了多少。

起風了。黎莎和笨笨聽着屋外的風聲，房
間裏卻充滿了溫馨的暖意。黎莎和笨笨有些明
白了靈靈將他們領到這裏的心意，這兩個孩子真
的很需要伴侶。而他們，也很願意陪伴這兩個可
憐的孩子。陪伴他們，使他們開心，一定是上帝
喜歡的事情。不然，從天上來救他們的靈靈怎麼
會帶他們來這裏呢？黎莎想着，她似乎看到了天
父的笑容，看到了一片美麗的熒光。揭露“福生
孤兒院”的成功經歷給了她信心，總有一天，自
己會接近那顆鑽石行星的！她卻完全忘記了，那
4000光年的距離是地球生物不可逾越的。

檯燈的白光下，聰明的黎莎將拼圖板放遠一
些，然後把帶圓形卡頭的小卡片們散落在圖版上，
眯起眼睛，反復試着，試了又試，直到終於把圖形
拼上。這次拼好的是兩隻睡着的小象，一只是粉

色,一只是藍色,分別睡在兩個大枕頭上,旁邊還有玩具手機、玩具槍、游戲遙控器,還有主人打開的電腦。黎莎拍着手笑了,"藍色的像蘇蘇,粉色的像雨點,設計得簡直太完美了!"

不過,細心的黎莎深知玩具的功能和魅力不是讓他人完成,而是自己能够完成,在過程裏享受快樂和成就感,並提升智慧。所以,黎莎將已完成的拼圖拆掉了一些,好使雨點自己能學着接上去。

然後,黎莎又去搭積木,也是先搭成一半。她準備每天都換新花樣,一步一步引導,讓雨點有機會逐步提高自己的能力。

她再轉眼去看笨笨,笨笨已安裝好了兩輛小轎車,正準備安第三輛。黎莎連忙阻止了他,"讓蘇蘇自己學着裝另幾輛吧。哎,你那個宇宙飛船呢?""哦,裝了一半,就裝不下去了。"他拿給黎莎看。"噢,我看看。"黎莎對照圖示看了一會兒,"好像是開頭的兩步裝反了,明天再來吧。"

此時天色漸亮,他們趕緊關了檯燈,上牀

躺下。

又是一個晴朗的早晨,好像風兒吹淨了所有的陰霾和塵沙,人們的臉上都挂着笑容。早飯後,當雨點發現了房間裏色彩斑斕的拼圖,她一點都不吃驚,立刻學着接拼上去,約莫半個小時,雨點自己拼出來了這張完整的圖案,高興地跳了起來,歡呼着成功的第一次。她抱着黎莎旋轉了一圈,她相信是黎莎在幫助她。她是個懂得感恩的孩子,馬上找出來十幾顆珠子,說要讓媽媽給黎莎的裙子袖口處點綴上去。

黎莎欣慰地看着珠子。笨笨在雨點身後悄悄地鼓起掌來。但雨點忽然擔心地說了一句:"親愛的,我愛你們!你們能一直和我們生活下去嗎?能嗎?"黎莎和笨笨都語塞了,他們是覺得找到了屬於自己的地方和喜歡的新主人。可是,誰能知道前面的路呢?黎莎更有一絲不安,好像雨點擔心的是一件更大的事情。是什麼呢?她看着墙邊架子上靠着的一大一小兩把小提琴,卻怎麼也想不出來。

第九章

比天文望遠鏡還快

　　轉眼星期天到了。蘇蘇和雨點都在家,阿姨一早就出門去教堂做禮拜了,叔叔卻仍要到店裏照應顧客。

　　蘇蘇的脾氣雖然有點倔,但與新玩具們相處得也很好。他接受了笨笨給他安裝的小轎車,在研究了一番之後,自己也能安裝出來了。他也已經將笨笨安裝了一半的恐龍霸王龍安裝成功了,那可是個大傢伙呀,有六七輛小轎車長呢。這似乎已成了約定俗成的默契,夜裏孩子們睡着了,黎莎和笨笨就爲他們拼圖、搭積木、或安裝造型,完成一部分,而白天孩子們接着完成全部。

　　頭天夜裏,黎莎和笨笨一起研究了圖示,開始拼最難的宇宙飛船,經過半夜的苦戰,總算安裝出來了,然後拆掉了一半,留給蘇蘇和雨點。

　　蘇蘇和雨點腦子都很靈光,合作了一個多小時後,宇宙飛船餘下的部分就安裝好了。這個航天神器不算太大,但加上了推動它的火箭發射器,真的很像那麼回事,如果給它下面提供動力,說不定真能飛上天去。黎莎和笨笨在人面前不能動,但還是用眼神表示真誠的祝賀。他們隨時帶着黎莎和笨笨,四位已經形影不離。

後來,蘇蘇將飛船交給雨點,自己掏出了本子和計算器,說要計算它飛出太陽系,飛到最近的星系需要多少時間。蘇蘇酷愛學習航天方面的知識,讀過《十萬個爲什麼》中的天文部分和數學部分。他對雨點和玩具們說,先要計算光年的長度。

"光年!"黎莎立時來了興趣。她的智商非常高,但對沒有學過的天文完全沒有概念。於是,她很認真地聽蘇蘇邊計算邊講解。

"光年其實是一個距離單位,不是時間單位。你看,光速是每秒三十萬公里,那麽,光走一年是多少呢?指的就是光在一年中傳播的距離。算一算吧,一光年=300000公里/秒×60秒/分×60分/小時×24小時/天×365天/年,乘出來的結果是,一光年約等於94608億千米。"蘇蘇的童音帶着磁性。

"天哪!"黎莎無聲地驚呼。

他又接着算下去,距離太陽系最近的恒星系是比鄰星系,它位於距離太陽系4.2光年之外,就是說,光從太陽系到那裏約需要4.2年的時間。再用4.2光年的長度除以宇宙飛船的飛行速度,就是最後的結果了。

黎莎根本沒有聽他後面講的是什麼,她只聽到光年的距離長度,就已經心灰意冷了。一光年就是94608億千米,這已是天文數字了。而吸引她的那顆鑽石行星距離地球4000光年,意味着還要乘以4000,這更是遠遠超出了她的想像力了。還能有什麼指望呢?想都不要想啦。

一時間黎莎的眼眶裏汪起淚水,茫然地望着那一片美麗的熒光在遠去,帶着她破碎的夢想遠去了。同時她感覺自己昏沉沉地向下掉落着……驀然,一個微小的聲音從什麼地方響起:「有上帝啊!上帝豈有難成的事嗎?」黎莎的淚水止住了。她看看周圍,雨點和笨笨在聽蘇蘇講解運算,沒有別人。可那句話她確實得到了,仿佛是上面賜下來,她的裏面得到的。是啊,我過去不可能,那顆星就不能過來嗎?有上帝啊!這是丹妮和她媽媽常說的話,也被自己一路冒險的經歷所證實。當自己謙卑下來,誠心向至高者發出呼求，總是能得到奇妙的救贖。

黎莎的眼前，許多個鏡頭在一一閃回：龍捲風中，黎莎閉上眼睛合掌呼求道："主啊，救救我們！求你！"漩渦中即刻響起一聲超自然的回應，似乎有一隻無形的手托了一下，風柱落地時奇迹般地減速了，當黎莎再次睜開眼睛，她和笨笨已經躺在草叢裏了；一條灰黑色的蛇，正蠕動着快速接近大林的赤腳。"主啊！救救大林！救救他吧！"黎莎不假思索地祈禱呼救，雖然沒有出聲，瞬間火苗已傾斜了過來，蛇頭好像被灼傷了，牠緩緩退去，沒入草叢；出逃孤兒院時，巧遇小科，完成舉報信後，黎莎雙手合十在胸前，默默地祈禱："主啊，爲了可憐的孩子們，求你保佑我們，帶領我們成功逃離！"滑下繩子，即有送奶車帶到郵局，水塘蘆葦叢中，小毛驢游水來接；懸崖半空，"耶穌救我！"黎莎高喊着，刹那間，他們竟然停在了空中，她抓着笨笨，而笨笨，則雙手穩穩地抓着橋墩木楔子裏斜支出來的兩個鐵釘子上；起風了，靈靈和伴侶從天飄落……

"依靠神，在神凡事都能！這是耶穌說的。

（馬太福音19:26）"記得丹妮對她說過。

黎莎的思緒繼續回溯：

記憶中的每天晚上，丹妮和媽媽都在一起向神禱告。丹妮上了省城中學後，每周末回家來仍然保持這個習慣。在一個星光閃爍的夜晚，丹妮抱着黎莎從院子裏回到房間，又是該祈禱的時間了。

"媽媽，我們物理老師說，銀河系裏有一千億個太陽系，河外星系裏有一千億個銀河系，而宇宙比這一切更大。那麼上帝在哪裏垂聽我們的禱告？在銀河系裏呢？還是在河外星系？"丹妮問這個當然不是不信，而是不懂。

"不管宇宙多大，也是上帝造的。上帝可以在宇宙之外垂聽禱告，也可以在我們的內室裏垂聽禱告。他在萬有之上，也充滿萬有。"媽媽邊想着聖經裏的啓示，邊試着回答丹妮。"詩篇裏說：耶和華在天上立定寶座。他的權柄統管萬有。我們合神旨意的祈禱能够立刻達到神的寶座，比天文望遠鏡還快。"媽媽又說。

媽媽的記憶裏田牧師曾說過："借着射電天

文望遠鏡,可以看到幾十億光年的太空遙遠距離,但借着內室裏的禱告,可以與神親近,比起望遠鏡與天堂更接近。"她雖然記不清這些原話了,但抿着的嘴角又現出堅毅的笑痕。

"我懂了,只要用心靈和誠實來拜就接通了。"丹妮笑了,握緊媽媽粗糙的手。媽媽只有小學文化,卻能讀完整本聖經,一遍又一遍,這本身就是神迹。

回想到這裏,黎莎忽然覺得自己腦洞大開,身體瞬間就飄浮上來,穩坐在蘇蘇和雨點的房間裏。她完全釋然了。不是嗎?既然上帝無所不能,既然上帝創造了並掌管着時空,那他也能用任何方式讓他所愛的孩子達成自己的心願。我們只管信靠他好了。

"算出來了!"蘇蘇大聲宣告着,黎莎並沒有聽他的計算結果,因爲那對她沒有什麼意義了。但是雨點用力拍着手,"真棒真棒!"一個勁兒爲哥哥點贊。

"算出來就好,蘇蘇最聰明!"這時,阿姨已經做完禮拜回來,瘦弱的她還順便帶了一些菜。

她表揚了蘇蘇一句,隨即下廚房做午飯了。

　　當叔叔從店裏回到家中,正好阿姨做好飯菜,端上桌,她還把黎莎和笨笨小心地放在看得見飯菜的櫃子上,又說:"等等,我們來做謝飯禱告。"於是她低頭合掌,開始謝飯。

　　"慈愛的天父,我們感謝你,謝謝你供應我們日用的飲食,你所創造的都是美好的,謝謝你的賞賜,也求你潔淨和祝福這些食物,使我們吃了有益健康,更好地服侍你,願你榮耀你的名。奉耶穌基督的名求。"一家人回應說:"阿門。"黎莎和笨笨也在心裏大聲"阿門。"大家這才圍坐在桌邊吃起飯來。

　　"既然你信的神這麼愛我們,怎麼沒有應允你每天所禱告祈求的大事呢?"叔叔忽然說出這一句話,神情顯得異常困惑。阿姨沒有作聲,低下頭吃飯,不時地把菜夾到蘇蘇和雨點的碗裏。那句話,蘇蘇、雨點好像都沒有聽見,黎莎和笨笨聽見了,卻沒有聽懂。阿姨在求什麼大事呢?

第十章
從天堂到地獄

從天堂到地獄竟然只有一步之遙。而從天使到魔鬼也只需要片刻的時間。

"傻瓜!蠢猪!比蠢猪還蠢!"很難讓人相信,蘇蘇那好聽的童音會瞬間變調,歇斯底里地抓撕吼叫,而他辱罵攻擊的對象正是他寵愛的妹妹雨點。

晚飯後,蘇蘇檢查雨點的數學作業時就發颩了。雨點本來還沒到上學的年齡,但蘇蘇堅持要教她,還要做她學前的家教。此刻,雨點顫栗着縮成一團,一步一步倒退向角落,一隻小手徒然遮擋着蘇蘇揮舞的巴掌。在蘇蘇的震怒之下,她完全沒有了平時的聰慧靈秀,只有受到驚嚇時的無辜和茫然。

"這麼簡單還錯了,是面積的公式不對嘛!這很難理解嗎?"蘇蘇怒吼着。

"知道了,我來……改!"雨點小聲說。可是蘇蘇的怒氣已經不可遏制,他拿起課本劈頭蓋臉地用力抽打着雨點的頭部。雨點被打蒙了,本能地用兩隻小手遮護着自己的臉龐。當然,那個公式又忘記了。

　　黎莎和笨笨都在牀上，可憐巴巴地呆立着，比自己挨打還要難受百倍，簡直就是在忍受酷刑。笨笨暗自握着拳頭，可是卻動都不能動一下。黎莎的血全部涌上頭頂，整個頭部好像要炸裂開了。然而他們竟完全無能爲力，也不能指望阿姨和叔叔。叔叔好像知道勸也無用，只會悶着頭抽煙，只有阿姨隔一會兒進來好言勸解，或者試圖岔開話題，或者嘗試將雨點帶出房間，但都被蘇蘇直着脖子吼道："出去！給我滾出去！"同時強行把她推出去，不知他哪裏來那麽大的力氣。

　　黎莎和笨笨來此不過短短半個月的時間，蘇蘇這種瘋狂發作的可怕一幕已經是第三次上演了。每一次都是突如其來，急風暴雨一樣。沒有任何力量能够把雨點從蘇蘇手下搶救出來，他死死地抓住雨點不放，平時相依爲命，百般寵愛的兄妹關係，立刻變成惡魔借蘇蘇瘋狂逼迫虐待雨點的惡夢連續劇。一直要折騰到後半夜兩三點鐘，鬧到他自己也筋疲力盡爲止。

　　今晚，不知又要鬧到什麽時候？！黎莎和笨笨都徹底崩潰，像阿姨和叔叔一樣狼狽沮喪。第一次蘇蘇爆發時，黎莎以爲自己是在做夢，不是真實發生的境況。可是當他們看到可憐的雨點淚如雨下，抽泣着，瑟縮着，邊哭還邊寫着作業，不敢離開書桌，聽到阿姨跪在客廳裏，呼天搶地的祈禱，哀求上帝幫助，叔叔也在一邊垂淚嘆氣，悶頭抽煙，他們才承認了這是無可否認的現實。

時間已經是夜裏十二點了。而這時，面積公式的鬧劇剛剛過去。蘇蘇沒有罷休，又要雨點背英語單詞，驚嚇中的雨點背得結結巴巴，只聽蘇蘇厲聲說：“停！拼錯了！還是這個單詞拼錯了！從頭背！錯一遍背十次，錯兩遍背一百次！”

當阿姨流着淚最後一次進來，蘇蘇瞪起眼睛指着雨點說：“我再看見你過來，我就讓她背到天亮！”

望着阿姨痛苦地離去，黎莎幾乎要暈倒了，全靠笨笨扶着她，緊靠着她。

黎莎昏沉沉的，像在風浪中飄浮一樣，意識又有些模糊起來，回憶與現實交叉，亂紛紛的：

怎麼回事？每次發生後的第二天，蘇蘇就像沒事人一樣，照常上學，照常和雨點親密如初，還帶着雨點用拼好、搭好、裝好的各種造型編故事,讓黎莎和笨笨也參與進來玩游戲。當黎莎和笨笨以爲一切都過去了,上帝聽了阿姨的禱告,沒事了。然而幾天後,蘇蘇臉色一變,就成了另一個人,可能是督促雨點的作業,可能是讓她學拉小提琴,總之隨時會出現一個引爆點,他便再次發作逼迫雨點。

記得是黎莎和笨笨來後的第二周。蘇蘇放學後,讓雨點練習拉小提琴,雨點無奈地拿起那把小號的小提琴,剛拉了幾下,阿姨就忽然緊張起來,她快步進來抱起黎莎,走到她和叔叔的小房間裏。

阿姨將黎莎放在牀頭櫃上,哀愁的眼睛盯着黎莎胸前的水鑽十字架,小心地問了一句:"你信耶穌嗎?"黎莎連忙閃動睫毛,眨着眼睛回答:"是的!"阿姨眼裏閃過一星亮光,顫聲請求道:"你能幫蘇蘇祈禱嗎?爲了蘇蘇,也爲了雨點。我怕雨點被他逼瘋了,或者心理出嚴重問題。甚至,唉,你叔叔只是慕道友,還沒受洗,不能堅持和我一起同心合意地禱告祈求。我一個人力量不够。"

黎莎困惑地凝視着阿姨:"爲什麽不帶蘇蘇去看病?"

阿姨聽懂了這不出聲的詢問,她信任黎莎,望着那枚十字架便娓娓道來,道出了其中的秘密和隱衷。

阿姨和叔叔領養了孤兒院的兄妹蘇蘇和雨點,相處得一直很好。家裏雖然不富裕,可也喜樂滋潤,小日子和和美美。沒想到一年前,蘇蘇突然發病,主要表現爲攻擊逼迫雨點,而且十分極端,誰也勸不住,每次家裏都像經歷了一場浩劫。阿姨叔叔都明白,蘇蘇病了,而且病得很奇怪。平時是正常的,可愛的,天使一般。一旦爆發,就不可收拾。他們不敢耽擱,趕緊哄勸蘇蘇,一起去省城的精神衛生醫院,連夜排隊挂號找到了最專業的專家、主任醫生。經過對蘇蘇反復認真的診治,主任醫生嚴肅而又同情地告訴他們,蘇蘇患的不是精神分裂症和抑鬱症,如果是,還有藥可治。但他患的是幾種難治的病,屬不屬精神病範疇,還有爭議。即:癔症(歇斯底里症)、躁狂、性格障礙（人格障礙）、虐待狂。

他這些病不需要住院，住院也無濟於事，可以試試藥物控制，但不能根治，因為江山易改本性難移。兒童患這樣的病十分罕見，不幸蘇蘇發生了，看來與他在孤兒院的痛苦經歷有關。阿姨叔叔心都碎了，他們拿了藥回家，千哄萬哄，讓蘇蘇吃了一段時間，然而完全無效，叔叔又去找專家換了一種藥，這次，蘇蘇吃了藥就過敏，臉上腫了起來，吃藥宣告失敗。曾經找過心理醫生調理，也沒有任何效果，何況蘇蘇本人很抵制，他並不認為自己有病。平時他的確像正常人一樣，一樣與人相處，一樣上學讀書。

叔叔阿姨徹底絕望了，他們不能把蘇蘇退回孤兒院，他們也不敢將蘇蘇得病的事情泄露給外界，那樣會徹底毀了蘇蘇，甚至危及蘇蘇的生命。何況，雨點也離不開她的哥哥，她是那麼愛她的哥哥。

他們真的走到了盡頭。醫生幫不了他們，藥物幫不了他們，整個世界都幫不了他們，人的辦法都用盡了。怎麼辦？在絕境中阿姨想到了耶穌。既然他們在受造界裏完全無助、無治、無救、無解、無奈。那麼，她只能來到時空之外的那位造物主上帝面前，來到救主耶穌面前。當時她已信主，但還不熟悉聖經。從此，她開始每天讀聖經，每天兩次來到主的面前祈禱、呼求、哀告，尋求幫助。一年過去了，她也曾在禱告中得到主的安慰和應許，她也曾在聖經的閱讀學習時看到主的回應，使她有力量堅持下去。然而，蘇蘇的病情依然沒有任何轉機。

現在，黎莎和笨笨來了，阿姨看到黎莎的十字架配飾，心裏升起一絲希望，聖經馬太福音記載：「我又告訴你們，若是你們中間有兩個人在地上，同心合意地求什麼事，我在天上的父，必為他們成全。因為無論在哪裏，有兩三個人奉我的名聚會，那裏就有我在他們中間。」這是耶穌說的啊。於是她找來了黎莎。

望着阿姨疲憊而期待的眼睛，黎莎毫不猶豫地眨動眼睫毛，表示一定盡力。這時，她完全明白了靈靈帶他們來到這裏的意圖，他們真是有使命的。

　　黎莎的意識漸漸清晰起來，一股保護雨點的欲望涌動在胸間，小船慢慢撥正了航向，她摸到了自己胸前的十字架，她聽見了阿姨正跪在小房間裏哭訴，她知道現在應當做什麽了。

　　在蘇蘇時斷時續的粗暴訓斥中，在雨點凄凄慘慘的抽泣聲裏，黎莎合掌在胸前，動着嘴唇無聲地迫切地禱告呼求：

　　"慈愛的天父，平靜風浪的主，懇求你，救救雨點！救救蘇蘇！他們還是孩子，是可憐的孤兒，你是孤兒的父，醫治的神，求你把蘇蘇從精神病魔的魔爪中搶救出來，求你將雨點藏在你翅膀的底下保護起來，神哪，求你伸出大能的手，對這發狂的世界說，住了吧！靜了吧！……禱告奉主耶穌得勝的名，阿門。"

　　然而，風暴依然在持續，歇斯底里地訓斥，抽抽噎噎地哭泣，迫切無聲地呼救，交織着，沉浮着。直到凌晨三點。

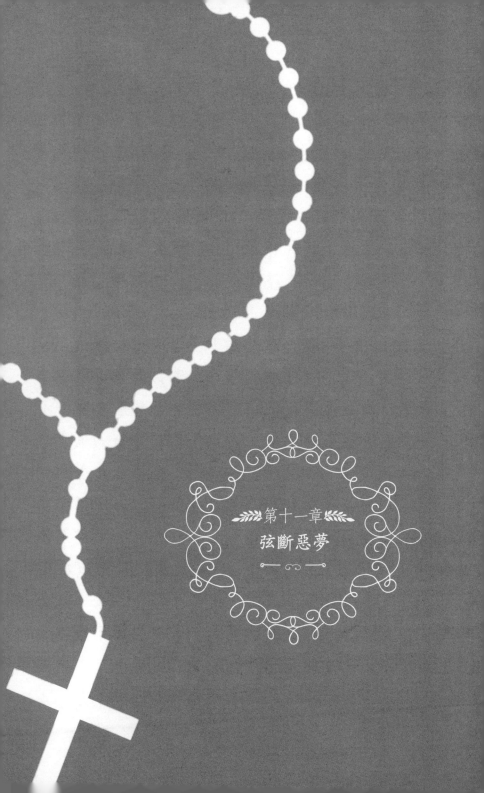

第十一章
弦斷惡夢

厚雲遮蓋，陰霾密布，撕不開一條縫隙來。

一個月過去了。三個月過去了。半年過去了。原先是人的辦法用盡了，現在，屬靈的辦法也好像用盡了，蘇蘇就是煮不熟砸不爛，像一塊頑固的大石頭一樣。不同的是，他平時表現一切正常，什麼也看不出來。

厚雲遮蓋，陰霾密布，直到有一天。

那一天，蘇蘇放學後就倒在沙發上睡著了，接連幾天蘇蘇都沒事，按以往的經驗，這異樣的安靜正是爆發的前奏。不過，黎莎此時並不那麼擔心，雨點也絲毫沒有察覺，她放鬆地寫完了作業，抱著黎莎到院子裏去看花兒。正好叔叔趕著小毛驢回來了。雨點拄著拐杖迎上去，把黎莎放下，舀了一瓢水飲驢。小毛驢喝足了，慢慢走到黎莎跟前用嘴蹭她裙子上的幾粒珍珠，還將花台邊的一元硬幣放在黎莎手裏。黎莎開心地笑了，她一動不動地讓小毛驢親昵地逗她玩兒。

"雨點！"客廳裏忽然傳來蘇蘇高了八度的聲音，"該進來練琴了！"

"噢，來了！"雨點抱起黎莎就跑回了客廳。

　　本來學小提琴是蘇蘇在課餘報的班,後來他硬要雨點也參加小班學琴,每周一次,說是增加才藝,培養音樂素質。雨點個子小,阿姨就買了個小號的提琴給她練。慢慢地,蘇蘇就變成了雨點練小提琴的陪練。

　　說也奇怪,只要蘇蘇陪練,雨點就拉不好,總出錯。今天也同樣,當雨點站在客廳里拉琴時,蘇蘇走過來守在旁邊看。雨點一支曲子拉到一半,不知怎麼心裏一慌,手一抖,拉錯了音。

　　"停!錯!"蘇蘇瞪圓了眼睛,好像裏面有火在往外冒。

　　雨點更慌了,隨着蘇蘇"停!錯!""停!錯!"的反復吼叫,雨點完全亂了方寸,怎麼拉都是錯的,根本沒有狀態。

　　蘇蘇爆怒了,對着他最愛的妹妹大叫:"蠢猪!比猪還蠢!指法都是亂的,從頭來!先練指法,再練曲子!"他怒目圓睜,咬牙切齒了。

　　阿姨聞聲從廚房出來,兩手端着菜盤,好言對蘇蘇說:"你餓了吧,蘇蘇,馬上就吃晚飯了,等吃完了飯再讓她練,好嗎?"

"不練完就不許她吃飯!你們先吃!"蘇蘇把雙手抱在胸前。

眼看惡性逼迫就要開始,黎莎對阿姨使了個眼色,阿姨也正好在轉臉看她,兩人對上了眼神,阿姨點點頭,放下了手裏那盤菜。

是的,今天,阿姨和黎莎要對蘇蘇試用新的辦法。因爲,蘇蘇前天接受了他們傳的福音,信耶穌基督了。這是半年來最大的突破和進展。

半年來,黎莎和阿姨專心爲蘇蘇禱告,求主耶穌憐憫他,彰顯大能,親自醫治和拯救他。每天早上,他們分別各自禱告,晚上,阿姨和黎莎在她和叔叔的小房間裏一起俯伏跪拜,同心合意地向神祈禱呼求,邊祈禱邊讀經,從未中斷。但沒有看到蘇蘇的一點變化。

這期間,黎莎很快熟悉了家裏的那台叔叔和蘇蘇才用的電腦,她上網查了各種辦法,然後打印出來,分享給阿姨,他們虔誠地試了又試。曾經禁食三次,每次三天,當然,黎莎本來就不吃飯,所以禁食就是阿姨和叔叔兩人。也曾經在蘇蘇高興時拉上蘇蘇一起跪下禱告,奉主耶穌基督的名爲他趕鬼,驅逐病魔邪靈。全都無效。他們認爲蘇蘇被自我中心捆綁的生命急需耶穌的真光,於是,黎莎在電腦上設法加上蘇蘇的QQ聊天,每天發幾段聖經經文給蘇蘇看,她用三個月時間發完了四福音書中關於主耶穌的事迹。蘇蘇倒是每天都看,只是不做回復,病情也沒有改變,連激烈程度都沒有減低。

終於,前天晚上他們禱告後按進度讀聖經,正好讀到馬可福音第五章34節,"耶穌對她說,女兒,你的信救了你,平平安安地回去吧。你的災病痊愈了。"還有36節,"不要怕,只要信。"他們不覺振作起來,信心滿滿地找來蘇蘇。阿姨指着黎莎胸前的十字架,懇切地向他傳講耶穌替罪流血捨命救贖的福音,他竟然安靜地接受了,還跟着阿姨和黎莎做了禱告,一句,一句,他跟着說:"我相信神的兒子耶穌爲我的罪而受難,死在十字架上,第三天復活。我求主的寶血洗淨我一切的罪……"

阿姨和黎莎擁抱在一起。雲,終於裂開了,厚厚的陰霾撕開了一條縫隙!真光終於照進來了!

耶穌來了!耶穌與我們同在了,耶穌一來,撒旦的權柄就粉碎,魔鬼在人身上的作爲就必然失效。

黎莎和阿姨當即約定,將聖經上的教導有針對性地介紹給蘇蘇,讓神的話直接動工,感化蘇蘇剛硬的心。現在時候到了!

"蘇蘇!"阿姨帶着黎莎上前喚道,不管蘇蘇仍然雙手抱肘,她按事先的準備,熱心地給他講耶穌的愛,講耶穌的教導,就如,最大的誡命是愛,愛神,且愛人如己,愛是恒久忍耐,又有恩慈,彼此相愛的新命令,溫柔的人有福了。

誰也沒想到,蘇蘇竟然不耐煩了,大吼了一聲:"够了!你們走開!滾!"

阿姨和黎莎都僵在那裏,不敢相信自己的耳朵。

然而,這是真的。蘇蘇不再理睬他們,一道閃電之後,驚雷炸響了,蘇蘇把一腔怒火倒在了雨點身上,"從頭拉!不拉好不准吃飯!"他發病了,一旦發病,他就什麽都不認。

又失敗了,怎麽會這樣?黎莎一臉茫然,阿姨暗自垂淚。

又失敗了,而且這次發作得很離譜,有些變本加厲。

蘇蘇依然故我,惡性逼迫心愛的妹妹。雨點哭得稀裏嘩啦,但總算能拉對了。蘇蘇卻讓她再拉另一曲,並反復訓斥着:"節奏不穩!該快沒快,該慢又沒慢,沒拉夠節拍。""不對!兩隻手配合得不好,聲音怪怪的,""音是飄的,沒有控制好!"

一次,雨點指着琴譜小聲道:"這裏沒錯,老師就是這樣教的。"

"你還頂嘴?長本事了你?你長得美是不是?我叫你美!"蘇蘇一把拉過雨點。

立時,雨點發出壓抑的慘叫聲:"哎呦!我不敢了……嗚嗚……"哭聲凄厲。阿姨叔叔跑進來,驚呆了,蘇蘇坐在沙發上,正用手使勁掐雨點的臉龐,雨點臉上一會兒就青一塊,紫一塊,局部還紅腫起來。掉在地上的琴,斷了一根弦。

阿姨叔叔沖過去護住雨點,"你這樣虐待兒童,是違法的!"

蘇蘇絲毫不示弱,他冷笑道:"哼,我從小就是被虐待大的, 誰管了?"

接着他居然宣告說: "雨點是我的親妹妹, 我和她是唯一的血緣關係, 你們都不是, 只是養父母。我才有資格做她的監護人! 誰也不能從我手裏把她奪去! 我們是親兄妹, 我愛她! 我有權決定雨點的一切!"

黎莎的血全部涌上頭頂, 她恨自己不能動的規則, 恨這不可逾越的的天條。她的手用力握着胸前的十字架, 直到扎破了一塊瓷。強烈的挫敗感撕裂着她, 連同她的驕傲被一起打碎, 保護雨點豈是人力所能爲的呢? 屬靈的辦法也已經用盡了, 面對發狂的蘇蘇, 她完全不知所措。

忽然, 黎莎隱約看見, 蘇蘇的背後騰起一團巨大的陰影, 飄飄搖搖, 似有若無, 看不清面貌, 只覺得十分猙獰, 好像在哪裏看見過。她不覺屏住了呼吸。

與此同時, 黎莎不知道, 自己的身後, 也升起了一股有力的氣流, 雲霞一般飄移上騰, 她沒有回頭, 只覺得背後有一片光影, 亮閃閃, 瞬間就照到前面來。

　　對峙着。但刹那間，蘇蘇背後的陰影就退卻，消遁了。黎莎回過頭去，自己的背後竟什麼也沒有。

　　恍恍惚惚，她聽見蘇蘇說了一句："雨點，可以了，去吃飯吧。"此時正是凌晨三點。客廳飯桌上的飯菜早已涼了，一夜無人去碰，一夜無人入眠。

　　雲霾重新合攏，霧濛濛，暗沉沉，撕不開一道縫隙來。

第十二章

夜半被逐

荊棘，荊棘，荊棘，黎莎茫然四顧，眼前全是帶刺的荊棘，帶刺的枝條交錯着，纏繞着，伸展着，擋住了所有的路。她被網在這墨綠的大網中，劈不開啊，斬不斷！向上看去，頭頂是密布的厚厚的陰霾，撕開暗夜的閃電何在？主啊，你看着不理要到幾時呢？什麼時候，你的真光才能照進來呢？就算蘇蘇一時沒有指望，可雨點還那麼幼嫩嬌小，她真的受不起呀！黎莎在禱告中呼求着。她現在禱告的時間增加了，在禱告中她得到了從上面來的安慰和應許，得到了裏面的平安，支持她熬過了一個月又一個月，同時能在蘇蘇發病的間歇期得到喘息。

不是沒有路。黎莎已經在電腦網絡上看到了"恩雨"慈善機構呼喚尋找她和笨笨的啓事，上面還說，丹妮也在焦急地尋找和等待他們的消息，她也看到了"恩雨"留下的地址和聯繫方式。然而，現在黎莎不願回應他們。黎莎不能離開雨點和蘇蘇，不能離開這個家，她此時應該停留的地方就是這兒。他們的使命，就在靈靈引領他們來到的地方，就是陪伴這兩個可憐的孩子。

這個下午,黎莎陷入回憶的惆悵中。平時,黎莎是單獨睡一個小枕頭的,和雨點並排睡。而每當雨點受到蘇蘇惡性逼迫的夜晚,在凌晨雨點睡下時就會抱起黎莎,兩人緊緊地擁抱着躺下睡覺,她能清楚地感覺到雨點的心跳,她會用手擦去雨點臉上的淚珠。而在那種時候,黎莎才感覺自己能分擔一點雨點內心的痛苦、壓力和憂傷。

“噢,我的公主!我的公主!”正在這時,雨點放學了,放下書包就來招呼黎莎,理着她的裙子親她的頭髮。蘇蘇也抱起了笨笨,親着他的毛絨額頭。蘇蘇已上初一了,是等着雨點,一起回來的。

雨點上學了!雨點的腿有明顯殘疾,但她天資聰慧,又肯努力,剛滿七歲就以第一名的成績考上了哥哥所在的實驗中學附小,連數學的巧算附加題她都做對了,是被破格錄取的。全家都很高興,黎莎更是欣慰。她終於看見了照進來的光!

是的,在蘇蘇間斷性的惡性爆發,掀起的對雨點逼迫、虐待、擊打的風暴中,在以淚洗面,躲不開,逃不掉的苦難中,雨點奇迹般的活了下來,她在泛濫的洪水中沉浮,卻沒有被淹沒,沒有被壓垮,沒有崩潰而瘋掉,反倒能學有所成。這只能是神迹,說明了苦難中有恩佑,有主耶穌親自的同在和保護。雖然他們看不見,但雨點在主的翅膀底下是安穩的。信實的主,垂聽了他們的迫切禱告!

　　原以爲雨點上了學情況會好起來。沒想到,蘇蘇絲毫沒有放鬆對雨點的虐待和攻擊。他對雨點反而有了過高的期待。他是深愛雨點的,現在更是對她百般疼愛,極盡誇贊欣賞和抬舉,常說,"你真棒!你是我的超級小天才!""棒棒噠!你會成爲第二個海倫凱勒的!"可不出幾天,又會因爲作業或試卷鬧翻天。

　　這時,雨點忽然想起了什麽,趕忙從書包裏拿出了期中考試的試卷,黎莎的神經立刻崩緊了。每次單元考試之前,蘇蘇都要讓雨點過一遍重點,每次都像過鬼門關一樣。事實上,在幾天前,就是雨點期中考試前夕,蘇蘇剛對她訓斥吼罵一場,直鬧到淩晨三點。第二天雨點暈暈乎乎去考試,狀態當然大受影響。

　　果然，蘇蘇過來了，他像審判官一樣，犀利的眼睛盯着雨點的試卷，立刻就發現了問題，"數學怎麼搞的？105分？附加題十分都做對了，前面簡單的題反而不會？老師要求試卷分析，看你怎麼寫?!"原來雨點數學考試時看漏了一道題，同時又看錯了一道題，少做了一個步驟。

　　"你的眼睛是瞎的？從左到右看都會看漏？真是又瞎又蠢!"蘇蘇火了。

　　"下面這道題簡單得就像1加1嘛，連1加1等於幾你都不會了？你怎麼這麼蠢？比蠢豬還蠢一百倍!"蘇蘇的嗓音又提高了八度，眼睛發直，而且瞪得快要凸出來了。"以後這種低級錯誤不許再發生!去，給我抄一百遍!"他把試卷往雨點臉上一摔。

　　雨點連大氣都不敢出，一邊擦淚，一邊趴在桌邊上拿出本子抄了起來。

　　這時，阿姨從店裏下班回家來了，叔叔沒有在一起，他一早就趕驢去外地進貨了。阿姨一眼看出事情不對，知道蘇蘇又發病了，她忙上前遞給蘇蘇一個橘子，想試着勸勸他。誰知蘇蘇一手推了開去,"走開!"他大聲咆哮着。

被放在牀上的黎莎腦子裏嗡的一聲,淚水溢上了眼眶。要知道,上個主日,蘇蘇還和他們一起去了教會的兒童主日學,是他們好說好勸去的,他那麼安安靜靜地聽着聖經的講解,與現在簡直判若兩人。此時,被蘇蘇丟在一旁的笨笨也無可奈何,他只能就勢握住牀沿,穩住身子,但卻不能再動彈一下。

病魔再次點燃了荊棘的藤網,灼熱的火焰焚燒起來,黎莎和笨笨和阿姨一家都跌入火窰裏,雨點更是首當其衝,抽泣着,連哭都不敢大聲。煎熬啊,煎熬!邪火熊熊,焚燒着,炙烤着他們,裹挾着他們全家沉入一個深不可測的火海。是的,全家,連蘇蘇在內,都在瀕死的火海中浮沉。他們不恨蘇蘇,他們知道,敵人不是蘇蘇,蘇蘇是無辜,蘇蘇也是受害者,敵人是他背後那邪惡的病魔,蘇蘇是悲劇中最深的受害者。黎莎看到了阿姨叔叔對蘇蘇的包容,仁愛和不離不棄。她愛上了這苦難中的一家人。雨點越是受苦,越是可憐,她越是離不開雨點,她那麼心疼雨點,她已經承認自己不能保護她，但是她願意陪伴她一起受苦。

黎莎謙卑下來，降伏在主的面前，承認自己有限和卑微，承認自己無能無力保護雨點。她只能拼命地默默不出聲地祈禱，不出聲地呼求："神啊，我求告你，呼籲你！蘇蘇爆發，雨點被害流血，我們下到坑中，有什麼益處呢？塵土豈能稱讚你，傳說你的誠實嗎？耶和華啊，求你憐恤，幫助我們！搭救我們！"

已經是半夜十一點鐘了，一桌飯又涼了許久。但風暴遠遠沒有結束，蘇蘇又看出語文卷子上的問題了。雨點考語文時，心神恍惚，看圖寫話沒有看清。

"看圖你都看不懂嗎？題目要求是什麼？你怎麼審題都不會？"蘇蘇咆哮起來，"這明明是在公園裏嘛，你竟看成在校園裏了，這能一樣嗎？當然要扣分了！"蘇蘇越說越氣，與平時對雨點的捧上天相反，他拼命咒詛吼罵着："蠢豬！天下第一號蠢豬！"蘇蘇罵着罵着，猛然上前踢了雨點一腳，又發狠地拿起語文課本，準備抽打雨點的頭。黎莎恐懼地閉上眼睛，好像打在了她自己的臉上頭上一般。

"住手!你沒有權力虐打她!"這一次,發出的聲音竟是笨笨的。黎莎傻了,玩具是不能在人面前說話行動的呀。笨笨這是怎麼了?

"雨點是我的親妹妹,我想怎麼就怎麼,她屬於我!"蘇蘇又冷笑起來。

笨笨突然沖上前去,大聲吼道:"雨點不屬於你,她屬於上帝!"笨笨完全失控了,"你違法,我就揍你!"笨笨不惜違反玩具的規則,揮拳打了過去,他個子雖小,但力氣很大,蘇蘇的胳膊上立時青了幾塊。

蘇蘇爆怒了,"你敢打我?你算什麼東西?你,還有她,和我一點關係都沒有,都給我滾出去!"蘇蘇上前將清醒過來的笨笨一把抓住,又邁前一步拎起了雨點牀上的黎莎,"我永遠也不想再看到你們兩個了!滾出去!"

阿姨和雨點都攔不住,黎莎和笨笨毫無抵抗地被蘇蘇扔出了前門。這時,已經是淩晨兩點鐘了。背後,雨點哭着追出來,又被蘇蘇拉了回去。門,重重地關上了。只有雨點呆滯的眼神仿佛還在黎莎面前,久久刺痛着黎莎。

　　不容多想,他們已經被這個家庭趕了出來,而這一次,是他們自己出了岔子,想回也回不去了。火燒的大網破了個洞,他們掉了出來,卻不是他們願意的。他們掉了出來,黎莎卻感覺仍然在火中焚燒,渾身灼熱。在這裏,他們舉目無親,走投無路。怎麼辦?雨點又怎麼辦?

　　絕望中,黎莎舉目望天,夜空從來沒有像此時這麼幽暗,幾顆寒星消失在天邊,一陣冷風拂面吹來,空中下起了小雨。黎莎打了個寒噤,完了,那顆神秘的鑽石之星一定更遠更高,更加遙不可及了。

　　笨笨知道自己闖了禍,可已經不能挽回了。去哪裏呢?他正想問,卻見黎莎搖搖晃晃,倒了下去。笨笨嚇壞了,連忙伸手托起她的上半身,"黎莎!你醒醒!你醒醒呀!""我……沒事。"接着,笨笨聽見她斷斷續續說出一串數字,正確地說,是一個電話號碼:13598763614。她又說了一句:"恩雨慈善機構的。"

　　笨笨明白了,他趕緊把黎莎背起來,在小鎮

斷續的屋簷下走了許久許久,才找到一個平坦避雨的地方,他把黎莎安放好。等到天亮,他加快腳步去了公共電話亭。笨笨的記憶力十分驚人,他跟着靈靈來的時候,無意中看見了這裏,就記住了。他進去投放了一枚硬幣,這還是黎莎交給雨點,雨點順手放在他口袋裏的。他開始撥打電話。

第十三章

酷熱的高溫緩緩沉降

　　"還是這麼燙！我可憐的公主……"丹妮放下酒精棉紗，重重地嘆了一口氣。這是周六，丹妮再次從學校回到家裏，替換媽媽陪護着黎莎和笨笨。

　　"恩雨"慈善機構的人將他們送回來已經三個星期了，黎莎一直高燒不退。這在芭比娃娃中確實是很罕見的情況，因爲他們是陶瓷製品。而黎莎還不是那類超限量級的陶瓷，比如"薄荷茶"那款陶瓷版，黎莎是silkstone，這類娃娃是很暢銷的收藏版本，也是一種新型的陶瓷，比一般陶瓷要堅固，而且柔韌性更好。雖然黎莎出廠已經快十年了，還經歷過多次冒險，但破損很少。可是這次她實實在在地發燒了，摸上去燙燙的，閉着眼睛躺在那裏。丹妮和媽媽常給她手臂、腿部和額頭擦酒精，別的就沒有什麼好辦法了。

　　"我可憐的公主，你太累了！"丹妮親着她的額頭，輕輕撫摸着她身上洗乾淨了的散發着水香味的粉紅色裙子。她的身旁有一部微型手機，是"恩雨"機構爲他們幫助破獲"福生孤兒院"

黑幕有功而獎勵他們的,黎莎和笨笨一人一部。

田牧師剛剛來過,帶大家一起爲黎莎作了按手禱告,也爲笨笨祈禱了一會兒。這段時間,他每天都要來一次的。

至於笨笨,因爲他違反了玩具世界的規矩和法則,在人面前行動並說了話,所以受到了處罰,每天只能呆立在那裏,不說也不動。本來應該處罰終身如此的,但考慮到他是爲了救雨點而衝動失控,所以減低了處罰力度,只讓他沉默呆立一個月時間,不能和別的玩具們交通。

忽然,丹妮看到黎莎彎彎的眼睫毛顫動了一下,連忙低頭喚道:"黎莎,我的公主!你醒醒,醒醒呀!"可是黎莎又沉靜了,一動也不動。

"唉!小可憐,她惦記着雨點呢。"丹妮憂心地自語道。她大概知道玩具們在蘇蘇雨點家的遭遇,知道他們是被蘇蘇趕出來的。當然,是些簡單概要的情況,笨笨不能透露太多,"恩雨"機構瞭解得也不多。

丹妮的耳旁又響起田牧師的話:"越貴重的金屬叫煉淨金銀的人越費工夫,他得把它們交給烈火，因爲如此才能在其中熔化，當熔化的時候，才能把裏面的合金完全除掉，也就是我們常說的煉淨渣滓……"

丹妮想了想，轉身拿出聖經，翻到田牧師剛才推薦給他們的幾段經文：

撒迦利亞書13:9，"我要……熬煉他們，如熬煉銀子，試煉他們，如試煉金子。他們必求告我的名，我必應允他們。"

約伯記23:10，"然而他知道我所行的路。他試煉我之後，我必如精金。"

丹妮默念着："熬煉，試煉，患難，忍耐……"她不覺聯想起物理課本中關於鑽石形成的條件："高溫，高壓，極高氣壓及缺氧的環境，地球深處，火山噴發，"霎那間，她的眼前出現了酷熱的岩漿，翻滾着，噴涌着，黎莎周圍，似有一團團橙黃色的火焰升騰着，擠壓着，她似乎能聽見黎莎痛苦的呻吟聲。

"主啊，救救她！你應許我們，在受試探的時候，總要給我們開一條出路……"丹妮立刻禱告呼喚，祈求神。

　　高溫高壓的火焰裏，黎莎閉着眼睛也能看見
一團團飄忽的橙黃色。其實，她已習慣了這酷熱
的焚燒，她的心裏只縈回着一句真正令她痛楚的
話："再也回不去了嗎？可我需要雨點，雨點也需
要我啊！"她仿佛能清楚地看見臨別時雨點呆滯
的眼神，這眼神一直刺疼着她，炙烤着她，以致她
淚水都乾涸了。

　　蘇蘇歇斯底里的發作和咆哮好似就在眼前，
他真的病入膏肓，沒有指望了嗎？黎莎繼續喘息
着，思考着，但是，上帝既然能創造宇宙萬有，能
使死人復活，當然能救蘇蘇脫離絕症啊。爲什麼
我們禱告了那麼久，那麼久，上帝還是沒有動工
呢？苦難就沒有盡頭嗎？

　　煎熬啊，煎熬！黎莎絕望地沉下去，沉下去，
她的身旁，那些橙黃色的火焰猙獰地狂笑着，飄
搖着，似曾相識……驀然，一隻有力的手臂托住
了她，與此同時，她的另一旁也升起了一股強大
的氣流，雲霞一般飄移上騰，她不能睜眼，只覺得
一片光影亮閃閃，瞬間就照過來了，多麼熟悉啊。

　　恍恍惚惚，黎莎進入了一個奇異的夢境：

　　救主耶穌讓一個少年去推一塊大石頭, 他十分聽話, 用力去推, 推了好多天, 好多年, 但那塊大石頭一點也沒有移動。撒旦來對他說, "你是白費勁了, 你根本不能推動石頭, 神也不能。那石頭太大了。"他灰心了, 去對神說: "我聽你的話, 去推石頭, 可是這麼多年過去了, 石頭一點也沒有動啊。這是為什麼?"神說: "孩子, 我說讓你去推石頭, 可沒有說讓你推動它啊。怎麼會是白費勁, 你看你的身體, 你的膀臂, 肌肉是不是更多更有力, 身體是不是更健壯了?孩子, 我在訓練你。移動石頭是我的事情。我會在合適的時候親自移動它。現在時候將到, 我就快要移動它了。"

　　黎莎恍然大悟。但仍在夢中, 她看見蘇蘇雨點的養母阿姨正在禱告, 禱告起來後坐下讀聖經, 正好讀到馬太福音28章2節: "忽然地大震動。因為有主的使者, 從天上下來, 把石頭滾開, 坐在上面。"這是耶穌復活的那一段經文, 之前他們也讀過, 並沒有引起注意。但此刻黎莎的靈被撥動了, 她默默重複着: "主的使者, 從天上下來,把石頭滾開，"她高興地笑了，是的，我們經歷了神的同在，我們學會了敬畏神，現在是神的時間到了，神派使者親自來推開這死亡的大石頭了！

天風徐徐，酷熱的高溫緩緩沉降，橙黃色的火焰瑟縮着，沉寂了，消退了，而雲霞的光影則一圈圈擴大，再擴大……

"黎莎醒了！媽媽你看，她退燒了！上帝聽了我們的禱告！"丹妮喊媽媽來看，果然，黎莎退燒了，她的眼睫毛微微顫抖，睜開一對變得深沉了的眼瞳。兩人歡喜地喚着黎莎，親着黎莎，黎莎好像一點兒也不驚訝，任他們把她立在牀上。她立着，一動也不動。

"告訴你一個最好的消息，你絕對沒有想到！"丹妮雙手扶着黎莎，"蘇蘇認錯了！"

這回黎莎睜大了眼睛，蘇蘇！頑固如石頭的蘇蘇能認錯？這不會是做夢吧？

"是真的！"丹妮認真地說。剛才媽媽和她接到"恩雨"機構的來電，得知了這個好消息。丹妮也很吃驚呢。

在黎莎發燒病倒的期間，"恩雨"聯繫了蘇

蘇的家，聯繫上了善良的阿姨和叔叔，向他們介紹了黎莎和笨笨在"福生孤兒院"的表現和經歷，因着他們的勇敢舉報，救了許多被虐待的孤兒。叔叔阿姨很感動，將這些情況告訴了蘇蘇，並說笨笨已經道歉了。蘇蘇沉默了許久。阿姨又爲改變他的心意向神恒切祈禱，求神撥轉蘇蘇的心，讓蘇蘇的心在神的手中，好像壟溝的水隨意流轉。

終於，神動工了。今天"恩雨"方面告知丹妮媽媽，說收到叔叔的電話，叔叔肯定地回復說：蘇蘇認錯了，願意讓黎莎和笨笨回來。他還讓他們看蘇蘇的留言。

"黎莎和笨笨，你們好。我向你們道歉，我錯了，不該趕你們走，請你們原諒。"他已經知道了黎莎和笨笨的真名。他在電腦上發了這個留言，叔叔將它轉到手機上，發給"恩雨"了。此刻，這個留言就在丹妮的手機上。

是道歉的！黎莎深吸了一口氣，幾乎不相信自己的眼睛，然而這是真的！淚水不自覺地涌流而出，主啊，你真偉大！她無聲地歡呼。

"等笨笨的刑期滿了,你們就可以去了。你還有幾天時間可以養一養身體。"丹妮心裏不捨,但還是真誠地說。

在人面前,黎莎不能有動作,但她深邃的眼睛說出了她內心的感激和歡愉,說出了她對神的敬仰和感恩,那眼睛裏有雲蒸霞蔚,有翱翔其間的天使的翅翼。

"看,這是你的十字架。"丹妮拿出拼接好的十字架項鍊,當時不慎掉落了,"恩雨"的人將十字架吊墜和鏈子分別包好交給了丹妮。丹妮此時鄭重地爲黎莎帶好,"相信你離那顆星不遠了。"丹妮與她對視着。

第十四章
在雨點懷裏的決定

那塊大石頭依然擋在墓門口,神的時間還是沒有到來,蘇蘇依然反復發病,對雨點歇斯底里。復活的黎明什麼時候出現?沒有人知道。大家卻知道,天大的石頭,只有天上的神能挪開。

當黎莎和笨笨一起返回蘇蘇雨點的家裏,全家人都喜出望外。蘇蘇也同樣,他抱起笨笨,舉過頭頂,用好聽的童音呼喚:"笨笨,我的英雄,你回來了!真好真好。"可是,不過兩周,蘇蘇就犯病三次,他有時好像心裏明白,但就是不能控制自己的情緒爆發,他在病魔的控制之下。他認錯,只是對趕出玩具們的行為認錯而已。黎莎和笨笨和全家再次墜入燃燒的火海,沉浮着,煎熬着。

這天晚飯後,蘇蘇本來在收聽叔叔手機裏的小說廣播故事:"三國演義"。卻不知怎麼想起,要檢查雨點的英語作業本。恰好那天雨點的"知識與能力訓練"這次沒有得A,老師批改指示其中有錯。這本來很正常,改過來就是了。何況,雨點學習狀態有波動,直接與蘇蘇的逼迫虐待有關係。

但蘇蘇不肯放過,高聲斥責雨點:"蠢豬!知識與能力訓練作業就要到英語課本裏找答案嘛!你怎麽就不懂呢?笨得像豬一樣!"他止不住,怒不可遏了。

他推開阿姨,完全不理會阿姨對他的提示:"舌頭就是火,在我們百體中,舌頭是個罪惡的世界,能污穢全身,也能把生命的輪子點起來,並且是從地獄裏點着的。"這是阿姨和黎莎上周主日帶蘇蘇去教會上主日學讀的聖經雅各書3章6節。當時,蘇蘇很是恐懼震驚,也怕真的傷害了雨點。沒想到他一發病就放在腦後完全不顧了。

"滾開!"蘇蘇變了腔調怒吼阿姨。然後對雨點厲聲說:"這一篇作業改過來後抄寫十遍!"

望着雨點淚流滿面,現在輪到黎莎震驚了。她回憶着昨晚令人驚喜的一幕:

黎莎和阿姨仍然堅持每天爲蘇蘇禱告祈求,早晚各一次。黎莎還每天收聽手機裏的福音廣播。昨天下午,黎莎收聽廣播時,正好聽到一篇靈修節目,題目是:"苦難終究要過去"。節目裏說,苦難是有目的的,是有盡頭的,是有限制的,苦難終究要過去。當時引用的經文是那鴻書1章7-15

節,而要求背誦默想的經節是其中的第12節:"猶大啊,我雖然使你受苦,卻不再使你受苦。"到了晚上,阿姨照例來邀她去一起禱告,禱告起來後兩人按進度讀聖經。不偏不倚,他們正好讀到那鴻書第一章。當讀到第12節時,黎莎怔住了,這不正是白天在手機裏聽到的嗎?"猶大啊,我雖然使你受苦,卻不再使你受苦。"黎莎當時靈裏一震,默念了一遍,立刻向主感恩,相信時間已到,相信苦難真的過去了。

不曾想,蘇蘇頑固得像一塊大石頭,此刻看來,神的時間依然還遙遙無期。黎莎就要崩潰了,她馬上定定神,對自己說:順服!順服神許可臨到的試煉!順服神量給我們的處境!神的應許是一諾千金,安定在天的,聖經裏的話就是絕對真理,怎麼在蘇蘇身上就不靈了呢?不可能!我要順服下來,順服神的時間,順服神的方式,相信神愛蘇蘇,更愛雨點。神不會錯的。

這時蘇蘇又在看雨點今天做的的數學作業,被他發現了一個小錯誤。在蘇蘇眼裏就沒有小錯誤的概念,他對雨點期待甚高。他要求雨點的計算不准有一點點錯，必須百分之百正確，要求她必須打草稿。

"爲什麼算錯了？打草稿了嗎？"看雨點支支吾吾，馬上要檢查她的草稿本。

那天正好雨點疏忽了，沒打草稿，蘇蘇暴怒了，一反平時對她的讚美，罵道："爲什麼不打草稿?! 你真的以爲自己是天才，是學霸嗎？你只是個蠢豬!"

蘇蘇邊罵邊抄起課本，發狠地擊打着雨點的頭。

黎莎閉上眼睛，腦袋裏嗡嗡直響，似乎有鞭子抽在了自己的身上。她無聲地高喊："主啊，可憐雨點! 求你大能的手親自來搭救，來阻止蘇蘇吧!" 可是喊出來卻是："主啊，我順服你，順服你許可臨到的苦難! 我在順服中信靠和交托!" 雖然這是無聲的，卻也使黎莎吃了一驚，不知怎麼此時從她自己裏面發出來這些話了呢？

黎莎沒能多想，因爲她已經暈沉沉幻入了一個奇境：

漆黑的夜空，竟然鑲嵌着那麼多星星，亮閃閃的, 在注視着黎莎。那當中有一片絢麗的白光, 神秘又皎潔, 遙遠又親近, 是的, 是那顆鑽石結構的星, 好像越來越親近了, 她仿佛觸摸到了那燦爛的光澤。

一個柔和的聲音在她身旁響起: "孩子, 忍受試探的人是有福的 (雅1:12)。而你堅持下來了, 在軟弱中信靠, 在困苦中愛人, 在試煉中忠心, 在失敗中謙卑, 在患難中忍耐, 在絕望中盼望, 在逆境中順服, 你做到了。"

黎莎驚奇地轉身, 看到一個張開翅膀的天使, 那面容竟使她想起了靈靈。

"今夜, 那顆星美麗的華光正對着我們的地球。你距離它的長度雖然沒變, 但你可以得到那顆星所發出來的一束超能力, 這超能力可以愈合你魂魄深處的創傷, 賦予你一顆心! 你將成爲有心靈的真正的芭比公主!"

多年的夢想就要實現了嗎?! 黎莎雙手合掌在心口, 有些不敢相信。她忽然想起什麽, 大膽地問了一個問題: "我可以用這超能力實現一個願望嗎?"

天使馬上明白了,"你是想治好蘇蘇的病嗎?"看到黎莎點頭,天使說:"這超能力只能幫助地球上的一個人。你要選擇,是要自己的心呢?還是治好蘇蘇?"

幻境消失,天使隱遁。黎莎面臨抉擇。怎麼辦?天亮前必須回答。

她以為自己一定會選擇治好蘇蘇的病。可是,她卻在想,我這麼多年的努力就是為了得到一顆心,成為真正的芭比公主呀!難道就此放棄,終身做一個沒有心沒有價值的玩具嗎?她又想,我不是愛蘇蘇和雨點,勝過自己的生命嗎?怎麼就不能作出犧牲呢?難道我裏面的自我還是那麼強,強過我對朋友的愛嗎?她難過地發現,她裏面的驕傲、虛榮和自我中心仍然非常強,而這是最大的罪啊!

黎莎輾轉反側,激烈爭戰,經受着生命內部的高壓擠壓。有一刻,她覺得自己想明白了,如果她選擇成為有心的公主,但雨點卻在蘇蘇的爆發中流淚受苦,自己也不可能真正幸福。還是放棄吧,放棄這唯一的機會。她撫摸着胸前的十字架對自己說:我有耶穌已經足夠,我有十字架的愛已經足夠。但她永遠不能成爲有心的芭比公主了,這個結局令她徬徨惆悵,猶疑難決。

忽然,房間裏寂靜下來,她定神一看,已經是凌晨三點。蘇蘇安靜了。

淚痕滿面的雨點上牀抱起黎莎,把她緊緊地摟住,然後躺下睡覺。就在這一刻,黎莎徹底降服了,是的,她在雨點的懷裏決定了:救蘇蘇!救蘇蘇和雨點!不變了!淚水嘩嘩地涌流而出,而她的全人感到無比放鬆,無比暢快。她聽着緊抱着她的雨點的心跳,堅信自己的決定是對的。

窗外投進一絲亮光,黎明快要到來。黎莎擦去眼淚,舒展笑容,輕輕呼喚着天使,將自己的決定說了出來。

她沒有睜眼,卻依稀看到,天使自天而降,伸手推開了墓門口的大石頭,推開了這天大的,死亡的大石頭!緊接着,纏繞蘇蘇的病魔們聞風敗逃,沮喪地退出了他身心的空間……

這一個黎明分外燦亮,分外明麗,當天使微笑着化作晨光,這一個家庭也從死境裏復活過來。沐浴着神愛的輝煌,溫煦又和美的一天開始了。

第十五章

青草地福利院的盲女孩

一年後。某省會城市的"青草地福利院"。

一樓的活動室裏,中班的美術課結束了。二十多個孩子們開始自由活動,他們先是在阿姨們的保護下做越障礙運動,拍皮球運動。然後一起搭積木。在積木搭成的游樂場裏,編各種故事。並邀請黎莎、笨笨、唐老鴨、咪姆、阿童木、巧虎、天綫寶寶、變形金剛和奧特曼等十多個玩具和一些小木偶,一起參與到故事中的游戲裏。在這些故事游戲裏,黎莎常常被指定爲"公主"的角色。這不僅是由於黎莎穿着一襲雪白的紗裙,更是因她奇妙的經歷,身上總是透出掩飾不住的優雅高貴的氣質。而她決不敢驕傲,因她知道自己是空心的,又是那麼有限和軟弱。比起阿姨們,她的愛心也差多了。

這二十多個孩子約莫三四歲,都有不同程度的殘疾,但在這裏都很開心喜樂。"讓孩子們喜樂",是這家福利院不變的宗旨。黎莎和笨笨來這裏已經一個多月了,是"恩雨"慈善機構將他們調派過來的。因爲這裏十分需要,而蘇蘇雨點都大了,也換到了另外的更合適的玩具。雖然非常不捨,他們還是服從了調配。

　　經過修復和裝飾,在去年的聖誕節前夕,黎莎和笨笨被"恩雨"機構作爲聖誕禮物送給了這家殘疾兒童福利院,服侍中班三四歲的殘疾小朋友。他們是第二次作爲聖誕禮物送給不同的孩子,自然也充滿了好奇和感動。

　　很快地,游戲進入了高潮,玩具們被孩子們從積木城裏移出來,移到許多零部件折叠成的賽車部隊中,被各自的小主人帶上賽車,在大房間裏轉圈比賽速度,看誰得第一。黎莎卻獨自留在了城門口,因爲她所愛的小主人圓圓是個盲人,不能玩騎賽車的環節。這時,吳阿姨過來了,說:"你想和圓圓一起玩兒嗎?"黎莎眨了眨眼睫毛,表示非常願意。好心的吳阿姨將黎莎放在了圓圓面前,告訴圓圓,黎莎來了。

　　"黎莎,啊,我的公主!我的公主!"圓圓抱緊黎莎,用奶氣的嗓音說,"我好想你哦,對了,我可以用你的手機聽英文歌曲嗎?"圓圓又怯生生地問,她一直都很自卑,因爲中班裏只有她一個孩子是盲人。黎莎既高興又有些難過地眨眨眼睛,圓圓看不見,但能感應到黎莎的靜默就是可以。於是她小心地從黎莎口袋裏掏出了那部微型手機。三歲的圓圓很靈秀,她認真地調着,不一會兒,手機裏就傳出了優美的英文歌聲,是那部經典電影《音樂之聲》裏的插曲。

黎莎一邊聽,一邊看着圓圓純真的臉,圓圓已經聽入了迷。真巧,圓圓長的很像雨點,難得高興的時刻,圓形的臉上就笑開了花兒,她一笑眼睛就眯起來,掩蓋住了裏面暗淡的瞳仁,像彎彎的月亮,睫毛也彎彎的,嘴角也彎彎的,分外惹人憐愛。這不正是雨點嗎?黎莎的思緒飛回到了一年多以前。

蘇蘇全家接到"恩雨"機構調派人手的商量信息時,蘇蘇正帶着雨點在院子裏玩兒。這麼久以來,蘇蘇的病不藥而愈,而且長得越來越陽光,眼睛特別明亮,他很孝敬叔叔阿姨,更是疼愛妹妹雨點。他再也沒有爆發或逼迫雨點,好像也不那麼在意雨點是不是成績拔尖,當穩了學霸。他更關心雨點是不是開心,常像一個真正的大哥哥那樣帶着雨點練走路。叔叔信了主,連煙都戒了。阿姨樂得合不攏嘴，常帶領全家誦讀詩篇，特別是第30篇：“你已將我的哀哭變爲跳舞，將我的麻衣脫去，給我披上喜樂。好叫我的靈歌頌你，並不住聲。耶和華我的神啊，我要稱謝你，直到永遠。”那是黎莎和笨笨最開心的一段時光。原以爲日子就會這樣延續下去，沒想到自己還有新的使命。

　　是的，那商量的信息說：“這是新的使命，那裏的孩子更小，更需要黎莎和笨笨這樣有愛、有生命的玩具，讓兒童品格的塑造從接觸玩具開始。”還有什麼說的呢？那一定也是上帝喜歡的事情呀！蘇蘇抱緊了笨笨，雨點摟住黎莎，涌流的淚水沾濕了彼此的衣裙，但卻不是憂傷，他們爲黎莎和笨笨感到自豪，相信將來一定會再見。只是他們捨不得啊。

　　直到小毛驢掙脫了繩子，上前來拱着孩子們的手……

　　手機已經靜默了。忽然，一縷甜美動人的歌聲飄逸而出，天籟一般，但不是從手機裏發出的，而是，是從圓圓口裏吐出來的，她像吐出珍貴的珠子一樣，吐出了一支歡快動聽的英文歌曲，就是《音樂之聲》裏的"哆來咪"！那首歌很長，很難，圓圓從來沒有學過英文，僅只聽了兩個星期的手機就無師自通地唱了出來，不止如此，她又接着唱了一首非常抒情的英文歌"雪絨花"，也是一點不差，完美地演繹出來。黎莎驚呆了，她簡直是天才啊！這麼久自己竟然沒有發現。圓圓深情地唱了一遍又一遍，黎莎也用中文無聲地應和着："雪絨花，雪絨花，清晨迎着我開放，小而白，潔而亮，向我快樂的搖晃，白雪似花兒美麗芬芳，永遠開放生長。雪絨花，雪絨花，永遠祝福我家鄉。"黎莎知道自己的聲音也很美，但她只能不出聲地唱。

吳阿姨聞聲走了過來，贊許說："圓圓唱得太感人了，可以在節日演出時上台表演啊！"圓圓卻立刻安靜下來，她有些羞怯，驚奇自己怎麼唱了出來，她呢喃着說："我不行，不行的，"她覺得自己只是模仿，算不得什麼。她更嚮往早日學會盲文，學習更多的知識。

吳阿姨鼓勵她說："不要怕，大家都愛你。

上帝愛你們每個人,你們都是耶穌的寶貝,都是獨一無二的。"

黎莎感動得眼睛都濕了,原來吳阿姨也是信耶穌的!正在這時,房間另一邊的賽車大比拼有了結果,笨笨與四歲的小強反超牛牛和奧特曼,奪得了第一。大家都歡呼起來,慶祝這精彩的勝利。小強帶着笨笨開着賽車兜着圈子,表示對大家的回應。

只有牛牛和奧特曼不服氣,尤其是奧特曼,心想:憑什麼笨笨和黎莎就比我們强,每次活動他們都拔尖,比我們强過一籌?! 笨笨不過是個毛絨玩具,而我,可以變形,我的外形像一頭立着的犀牛,但打開外殼,我就變成超人奧特曼了!我才是最牛的啊!

黎莎在爲笨笨歡喜,也看見了奧特曼的不滿,但她沒有太在意。因爲此時從房角溜過一道黑影,黎莎發現了,好像是一隻老鼠?! 但不是米老鼠,而是一個灰黑色的真老鼠。太奇怪了,這裏從來沒有老鼠的,她的眼前,仿佛縈繞着一縷猙獰的陰霾。

到底是什麼呢?

第十六章
意外失聲

傍晚時分，孩子們都吃完了飯，在樓上玩玩具做游戲，廚師也已經下班回家了。可是，吳阿姨仍在廚房裏忙碌着。

她將一包菱角殼分成七份，將其中的一份倒進熬制中藥的砂罐子，加上清水，放在爐子上，打燃煤氣調好火苗，就坐下來開始煎制。

吳阿姨很細心，等着藥罐裏的水開了便將火調小，維持水開着。望着蓋子邊的孔裏冒出的水氣，她開始計算時間，等十五分鐘就可以放中藥進去了。醫生說了，這菱角殼是藥引，配他開的中藥必須先熬。

罐子裏的水氣一縷縷升上來，帶着菱角殼的清香，吳阿姨輕輕舒了一口氣，"主啊，求你看顧可憐的圓圓，親自動工醫治她，使她吃下這最後的幾副藥能够見效。她需要發聲啊！"

吳阿姨有些恍惚，她的思緒隨着菱角殼的水氣飄浮起來……

盲女孩圓圓的歌唱天才被發現了，要知道她才三歲呢！最高興的就是她所愛的玩具芭比娃娃黎莎，在別人睡覺休息的時候，黎莎耐心地在電腦上查詢,很快就找到了一個絕佳的良機:該省會城市將在一個月後舉辦一個全國性的兒童歌咏大賽,十歲以下的兒童都可以報名參賽,大賽有個好聽的名字:"蓓蕾之星"!

黎莎好開心啊,她用自己的語音在手機上錄下這段信息,也錄下她對圓圓的期望和安排,多次播放給吳阿姨和圓圓聽,熱心鼓勵圓圓參賽。黎莎認爲,這可以鍛煉她的意志,克服她的自卑,提振她的信心,開啓她的潛能,甚至改變她的人生和命運!

圓圓先是自信不足,呢喃重複着:"我不行,不行的。"

吳阿姨當然雙手贊成參賽,不肯放過這個天賜良機。她和黎莎一起說服了自信不足的圓圓,使得圓圓最終消除了顧慮和擔憂。黎莎還主動爲她多準備了幾首歌。除了英文版的"哆來咪","雪絨花",還從手機裏調出了古巴名曲"鴿子"和印尼民歌"寶貝",另加幾首中國兒歌,加大了難度和廣度。果然,圓圓通過錄音試唱順利取得了參賽的資格。

忘不了那次初賽的盛況。舞臺上有一台黑色的三角鋼琴，供老師在需要時配音，台下有評委、家長、學生、還有各界音樂愛好者們濟濟一堂。小選手們一個個地展示着自己的歌喉，逐漸將比賽推向高潮。

圓圓被安排在最後一個出場。是吳阿姨帶黎莎陪着她走上舞台中心的，吳阿姨和黎莎退下了，將圓圓置於燈光的聚焦之中，置於滿場觀眾的期待之中。圓圓停頓了一會兒，她忘了自己是在舞台，好像她又回到了青草地福利院的活動室裏，回到了黎莎的微型手機面前，甚至回到了出生之時，仿佛聽到一個遠處的召喚，不知不覺地，她將深埋心底失去母愛父愛的沉痛，將到了青草地後蘇醒的憧憬、希望和感恩唱了出來，"哆來咪"的歡快，"雪絨花"的輕盈，還有"寶貝"那深切悠長的情思，"鴿子"的委婉悲傷和思念之深情，她都演繹得十分到位，她的音量不算大，但音質的甜美純淨和真情的流露彌補了一切。

銀鈴般的天音悠悠飄灑着。人們沒有想到，一個三歲的盲女孩心中竟有這麼多深沉凄愴和優美的感情，淚水不禁充盈了眼眶，有人甚至輕輕地合着曲調，唱出了裏面的歌詞。舞台上，她不像是一個看不見的盲女孩，而像是一隻來自大森林裏的夜鶯，她婉轉地唱着，一遍又一遍地唱着。全場觀眾都陶醉了，好似音樂廳因她而有了生命，連窗外的花朵都屏住了呼吸，樹上的鳥兒都停止了啁啾。

　　菱角殼的清香在緩緩溢出，十五分鐘到了。吳阿姨起身關火，將一包中藥全部倒入藥罐裏，加上水，又調大爐火，等藥水開了再將火調小，維持罐子裏沸騰着，要等二十分鐘就可以了。吳阿姨坐下，思緒卻開始往下沉落：

　　演出大獲成功，圓圓的歌聲征服了評委，毫無爭議地拿到了這個賽區初賽第一名的好成績。可以參加一周後的全國複賽了，前景十分可期。黎莎和吳阿姨喜極而泣，擁抱着圓圓笑出了眼淚。

　　但接下來的事就令人尷尬了。吳阿姨帶着圓圓和黎莎趕到不遠處的公交車站候車。可是，"天才小夜鶯！""明亮的蓓蕾之星在冉冉升起!"的呼聲此伏彼起,媒體記者們和小觀衆們追上來,擁擠着要看小圓圓,采訪她,向她獻花。圓圓完全不知所措,直到一場雷陣雨突如其來,刮散了人群,才算是解了圍,可圓圓他們也已經淋濕了衣裳。

回到福利院,圓圓接連兩天有些感冒症狀,接着,出人意料的事發生了。第三天,圓圓指着自己的嗓子,只能喘氣,發不出聲音來。圓圓意外失聲了!

吳阿姨連忙帶她去最好的醫院看病,檢查結果咽喉部沒有病變,聲帶也沒有發現任何異常,但醫生還是給她開了消炎藥,叮囑要多喝水,清淡飲食,忌食辛辣刺激性食物。之後一周,在西藥完全無效的情況下,開始用各種偏方,拌吃銀耳,拌吃芹菜,使用各種潤喉片,還有中成藥:黄氏響聲丸、牛黄上清片、藍芩口服液、四季抗病毒口服液等,並用胖大海、金銀花、菊花等泡水當代茶飲。院方還給她買了水果,如獼猴桃、無花果以及西瓜來改善體質,提高免疫力。

但,無論用什麼辦法,圓圓就是發不出聲來,或僅能發出耳語聲，醫院說她是功能性失音，靜養可好，但三周過去了，依然沒有起色。院方派人打聽到一位老中醫，專治喉症。吳阿姨帶圓圓去看了，開了一周的中藥，並說需用藥引子，就是菱角殼，水生植物菱角的外殼，每副藥兩隻。院方雖然不懂爲什麼用它，但是老中醫說了就當然照辦。好在這裏處在中南部，湖泊多，均有栽培或野生。於是派了吳阿姨去采買。

那個下午，吳阿姨乘車趕到幾十裏外的靜雲湖，當她放眼看到那"接天蓮葉無窮碧，映日荷花別樣紅"的壯觀景致時，壓抑了許多天的心情才放鬆並舒展了開來。不錯，自己應當對上帝有信心，好好祈禱，好好治療，上帝無所不能，上帝一定能讓圓圓重新歌唱，唱頌讚上帝的聖歌！

藥香氣越來越濃，時間到了。吳阿姨起身關火，熟練地從藥罐裏倒出一碗藥汁，那褐色的藥汁有點像咖啡，氣味不難聞。

當吳阿姨把藥汁端給圓圓的時候，黎莎正在用手機給圓圓播故事，安慰她。吳阿姨特別讓黎莎一直陪着圓圓，每天等圓圓睡着了才讓黎莎回到玩具房去。她深知此事重大，因爲圓圓本來就眼盲看不見，再不能發聲表達心思，打擊就太大了，她怕圓圓受不住。黎莎可以安慰圓圓，圓圓最聽黎莎的了。

聽到吳阿姨的聲音，圓圓起身接過吳阿姨手中的藥碗，停頓了好一會兒，似在想說感謝，但又什麼也說不出來，她本來眼睛就是盲的，也不能用眼神表示謝意，心裏真是五味雜陳。

"趁熱喝吧！喝了就好了，這位醫生很有把握，再說，我們一直在祈禱，上帝一定聽見了。"吳阿姨輕輕地說。黎莎也用力眨着眼睛，雖然她知道圓圓什麼也看不見。

圓圓喝了，一口一口地喝了下去，像喝了一碗濃濃的親情茶。她這些天從希望到失望，又從失望到希望，情感起起伏伏，心靈備受折磨。幸好吳阿姨上下奔忙，爲她求醫，而黎莎每天陪她，給她不一樣的信心。

吳阿姨接過空碗，喂了她一顆水果糖，並示意黎莎繼續她的信心教程。

黎莎今天在電腦上調出了美國盲眼女詩

人、聖詩作家芬妮克・羅斯比的事迹,輸入手機,然後用手機放給圓圓聽。圓圓很喜歡這個真實感人的故事,反復聽着,一遍又一遍。1820年3月24日,芬妮克・羅斯比生於美國紐約州,出生六周即罹患眼炎,由於庸醫將過熱的藥膏敷在她的眼皮上,造成了視力永遠的傷害。然而,她堅強地生活學習,成爲一位最受人尊敬的聖樂家。她一生創作了八千多首聖詩,這使她不但沒有自憐的感覺,反而覺得,她的盲眼是出乎神的美意,她也因着神而得到生命的滿足。

　　黎莎此時又開始給她播放芬妮寫的經典詩作"安穩在耶穌懷裏":"安穩在耶穌手中,安穩在主懷內,因主慈愛常覆翼,我心必得安慰⋯⋯"

第十七章

如此承諾

"春天來臨的時候，我帶着激動、興奮之情，在枝頭上尋找可愛的蓓蕾，因爲這些小東西正是大自然裏春意來臨的先兆；我察覺到小花們那柔軟的皮膚，還有它們不同往常的身體弧度；要是走運的話，將手輕輕地放在樹枝上，還能感受到小鳥們歡呼雀躍的情形。"

"我多麼渴望能親眼看見所有的一切，每當這個時候，我的內心都在悄悄地哭泣。要是我只依靠觸覺就能體會到如此多的美妙與快樂，那麼要是能擁有視覺，我的世界將會充滿了光明。"

上午兩節課後，就是自由活動時間了。黎莎又開始使用手機錄音與圓圓交談，她放給圓圓的錄音是名着《假如給我三天光明》中的片斷，作者是海倫·凱勒，美國著名盲聾女作家、教育家和社會活動家。

黎莎注意到圓圓的反應不太熱切，表情甚至有些迷茫。難怪啊，又是一個月過去了，盲女孩圓圓的失聲問題還是沒有解決，沒有任何變化和起色，老中醫的祖傳秘方沒有一點作用，仿佛圓圓美妙的聲音被惡魔偷走了一樣，她除了沙啞的

耳語,什麼也說不出來。這個打擊是致命的,

此刻,圓圓的世界不僅是黑暗的,她還成了啞巴,無法發聲與人交流,表達自己的感受和心意。雖然她能聽見外界的聲音,但不能溝通的痛苦使進入耳膜的一切也成了混亂喧鬧的,沒有意義的。要知道,圓圓是孤兒,本來就自卑,現在她與這世界的連接又發生了巨大的困難,其絕望和痛楚是常人難以體會的。

黎莎覺得胸口有些窒息憋悶,眼簾也無力地垂落下來,她深深地同情圓圓,但此時她感到了沉重的無能和無奈。她只能盡其所能的設法將手機語音或電腦裏的好節目推薦給圓圓,並提前將自己的語音錄好放給她聽。而圓圓也習慣了這種方式,努力從中汲取活下去的力量。

黎莎知道自己不能放棄,她重新振作了一下,將海倫·凱勒的事迹播放給圓圓聽。"她一歲多時因患猩紅熱失去視力和聽力,但她以自強不息的頑強毅力考入哈佛大學,掌握了英、法、德等五國語言。她一生致力於造福殘疾人的事業,建立了慈善機構。曾入選美國《時代周刊》,並

被授予總統自由勳章。"

圓圓臉上浮現出敬佩的神情，但頃刻就消失了，代之以遙遠的不可企及的冷漠和對自身處境出路的困惑。黎莎有些失望和疲倦，她能理解圓圓，因為她自己就有缺陷，她知道剛才講的那些太空洞了，不能感動圓圓，無法使她將榜樣與自身結合，找到一條適合她的出口，從黑暗走向光明，從孤獨走向友愛。

黎莎甚至有些恨自己鼓動圓圓去參賽，不然，一切可能與從前一樣按部就班，不會有任何不幸發生。她停下對資料的播放，換了幾首安靜心神的聖歌。直到午飯鈴響。

吳阿姨過來了，她牽着圓圓和孩子們一起去吃午飯，而黎莎則悄悄離開活動室，輕輕走了出來。

黎莎出了走廊門，走過草坪，走到一片盆栽的月季花面前。月季不愧是花之皇后，四季開花。此時，紅色、粉色、黃色和白色，都開得正盛，重瓣發散，陣陣幽香拂面而來。黎莎深吸了一口，但卻沒有覺得輕鬆一些，相反，她雙膝跪下,跪在盆花中間,雙手向天舉起,口中呼喚了一聲:"慈愛的天父,救主耶穌基督!"淚水就奪眶而出,泉湧一般,她幾近崩潰了。

黎莎每天都來禱告,爲圓圓的康復,她向神祈求,呼救,她聲聲哀告,滿懷着信心。可是,隨着時間的推移,希望越來越小,圓圓的情緒越來越低沉,黎莎有些仿徨了,她感到自己快撐不下去了。她不明白,爲什麼好好的,天才的圓圓就遭遇了厄運?爲什麼天天祈禱,天父上帝就是沒有出手,沒有彰顯出大能來?

今天,黎莎來到神的面前,赤露敞開自己,她不想掩飾什麼。

"主啊!我承受不了,圓圓的命運更是可憐可嘆!我給她播放海倫·凱勒,可連我自己都覺得可望而不可及,說服不了圓圓。我承認,海倫·凱勒是個了不起的天才,是個光芒萬丈的偉人,可是沒有用的,圓圓和她差得太多太多了!"

黎莎想了想,又說:"主啊,不錯,海倫·凱勒是盲聾的殘疾人,但她從小有愛她的爸爸媽媽和親人,她的童年充滿了愛和溫馨,她的家庭條件十分優越。而可憐的圓圓什麼都沒有,生下來就沒有父母,沒有親人,沒有優越的成長環境。還有,海倫‧凱勒有一位優秀的、靈感多多的家庭教師,就是她的恩師安妮‧莎莉文。如果沒有這位充滿愛心的有智慧的家庭教師的循循善誘的引導,海倫‧凱勒不可能躍出痛苦的深淵,不可能突破表達的障礙。而圓圓什麼都沒有!"

　　黎莎說着說着忽然停住了。因爲她的裏面浮現出一個意念,有了一個感動:"是的,任何奇迹的發生都需要有愛!愛是催生奇迹的根源和真諦!"

　　黎莎沉默了。她再次順服下來了。她想,自己每天都陪伴着圓圓,都爲圓圓迫切祈禱,這就是愛了嗎?不!她忽然徹悟了,她沒有付出代價!祈禱的人是需要付出代價的!黎莎站起來,從地上拾起一朵粉色的月季花,撫摸着。良久,她又重新跪下了,仿佛眼前閃現了曾經出現過的那位天使。

　　黎莎果斷地說:"主啊,我明白了!我決定了,我願意用我的聲音換回圓圓的聲音!讓我失聲吧,求你應允,成全圓圓吧!"

"不!黎莎,你不能這樣做!"

黎莎驚回首,見是笨笨!笨笨看黎莎久久沒有回到玩具櫃,不放心,就出來找她,正好聽見她的許願,嚇壞了。

"你知道自己在說什麼嗎?你知道這樣許願的後果嗎?"

"我知道。我願意。"黎莎緩慢地回答。

"你知道你如果失聲就不能再和玩具們交流了嗎?你知道你將會陷入孤獨寂寞中嗎?"笨笨一字一句地問道。

"我知道。我願意。"黎莎平靜地回答。

"你知道你如此承諾的後果嗎?你將不能發聲祈禱,危急時不能呼叫天父來拯救?!"笨笨步步緊逼。

"是的,我……"黎莎顫抖了一下,低聲說:"我知道。我願意。我可以無聲地祈禱。"

"黎莎!你不覺得你失去的太多了嗎?"笨笨提醒她,記起她爲了蘇蘇雨點失去了得到一顆心的唯一機會,現在又爲了圓圓可能失去寶貴的聲音。

"是的,失去了。可我沒有失去快樂和滿足。"黎莎撫摸着手中的月季,真誠地說,"圓圓可以不做童星,但她應當有自己的聲音,應當有向上帝祈禱的聲音,應當有與他人溝通愛意的聲音,應當有向大自然表達喜悅的聲音。"

笨笨沉默了。他看着黎莎,她看上去還是那麼斯文,甚至有些柔弱,但她裏面變了。她不再是那個嬌滴滴的只要別人關注她的小公主,她現在覺得自己不重要了,她的快樂不在自己身上了。他不知道他應該高興還是悲傷。

第十八章
火焰裏飄出一首歌

夜間十點鐘。二樓兩個班的孩子們都睡着了，玩具們也在活動室裏的櫃子上東倒西歪，困倦得不行了。最後，玩具們也發出了輕微的鼾聲。

黎莎卻沒有睡着，她剛閉上眼睛，就聽到一個奇怪的聲音，吱吱吱地一遛而過，是什麼呢？好像，好像是往廚房那裏移動。仔細聽，又沒有了。但不知爲什麼，她的眼前騰起了一縷灰黑色的煙霾，似有若無，甚至閉上眼睛也能看見。

黎莎徹底警覺了，她悄悄起來，碰醒了笨笨，示意他跟着自己。他們遛出房間，走廊對面就是餐廳，再過去就是廚房。她拉着笨笨輕輕走過去。

"煤氣泄露了！"剛到廚房半開的門口，黎莎和笨笨就聞見了一股刺鼻的氣味兒。他們沖進廚房，一隻大老鼠正在啃噬着兩邊的兩條煤氣罐的連接管道，是貼牆走的橡膠管道。它已經啃破了其中的一條，從破口裏溢出無色的煤氣來，在房間裏游走彌散，另一邊貼牆的第二條管道也快被啃透了。這老鼠太狠毒了，今天廚師走的時候忘記了關上進氣閥，牠就乘機來了。見有人來，牠吃了一驚，發現只是兩個玩具，就沒立刻溜走，而是用尖利的牙齒使勁一咬，隨着"咯吱"一聲，第二條也破了口。

黎莎和笨笨沒有再給牠機會。黎莎告訴笨笨，立刻幹掉老鼠，帶離現場，她自己則留下，努力將管道破口堵上。她記得，蘇蘇家的阿姨說過，煤氣泄露了，最怕的就是遇到明火燃燒，甚至爆炸。

笨笨的拳頭可不是吃素的，他快步上前追上了逃跑的大老鼠，幾拳就將牠打趴在地上，接着又用力捶了一陣，大老鼠掙扎了好幾下，才斷氣了。笨笨將牠扔了出去，然後立即照黎莎的吩咐，上樓去喊阿姨們叫醒所有的孩子們，把他們從另一側樓梯轉移到安全的地方。這是他第二次違規，要在人面前說話行動。但顧不得許多了，救人要緊。

與此同時，黎莎在奮力修堵破口。她取下兩條繩子上的抹桌布，墊着塑料袋，快速包裹住兩條管道的破口，並用撕開的布條扎緊。還好，煤氣泄漏停止了，她剛鬆了一口氣，門外就又跑來了第二隻老鼠。這是一隻狡猾的小老鼠，牠采取偷襲,不聲不響地甩進一個燃着小火苗的打火機,然後轉身就跑。

　　廚房裏馬上燃起了明火,伴隨着一串猙獰的大笑聲,火苗蔓延在黎莎周圍。黎莎顧不上看那個熟悉的煙霾中大笑的魔影,趕快掏出手機撥打了119火警。奇怪的是,她只說了一遍,再想重複一遍時,嗓子突然啞了,說不出聲音來了。

　　那熟悉的狂笑聲如此尖銳刺耳,短短的兩秒鐘,黎莎腦海裏閃過了龍捲風那鬼魔似的咆哮,閃過了襲擊大林的灰黑色的蛇蝎,閃過了"福生孤兒院"追捕他們的摩托車隊,閃過了蘇蘇發病時背後升起的那團飄忽的濃煙,閃過了黎莎自己發燒時身旁那些橙黃色的酷熱的烈焰……但她無暇多想,爲防止明火引起燃爆,黎莎用淋濕的圍裙和抹桌布撲上前,奮力撲打滅火,來爭取寶貴的時間。

　　這時,偷襲成功的小老鼠跑過了走廊,正想遛出大門,迎面遇見了奧特曼。原來奧特曼睡醒了,發現黎莎和笨笨都不在房間裏,就急忙遛出來,想看個究竟。他以爲那兩位肯定是違反紀律了,這回可以抓個正着,誰知出門就碰見了笨笨。他得知笨笨去向阿姨們報信疏散孩子,心裏非常慚愧。奧特曼到底是英雄,他馬上決定來幫助黎莎,正好撞見了這只小老鼠,他想都沒想,就與小老鼠格鬥起來。這小老鼠竟是一個電控的老鼠,很有一些功夫,雙方交手十幾個回合,奧特曼才占了上風,幾拳砸爛了電控老鼠。

奧特曼隨後往廚房跑去,走廊裏已有煤氣的異味了,他加快腳步。

笨笨一直在吳阿姨的帶領下幫助轉移二樓的孩子們。他們從另一側的樓梯下來,樓梯較窄,小班的孩子們都是吳阿姨一個一個抱着下樓的,甚至有的孩子仍在睡夢中沒醒。他們將孩子全部轉移到了安全的地方。然後笨笨轉身跑回福利院,向廚房跑去。

這時,由於廚房裏煤氣泄漏得不多,明火漸漸被黎莎撲滅了,然而,卻有一處的火舌總是一竄一竄的,怎麼也撲打不熄。黎莎拿起另一個濕圍裙,不假思索地撲了上去,她撲向火舌,她那條拖地白紗長裙飛飄起來,像鴿子的翅膀張開。可瞬間,那團火舌砰的一聲爆開了,膨脹起一個小火球!房間上空,驟然迴響起盲女孩圓圓曾經唱出的那首深情的"雪絨花",而且越來越響:"雪絨花,雪絨花,清晨迎着我開放,小而白,潔而亮,向我快樂的搖晃,白雪似花兒美麗芬芳,永遠開放生長。雪絨花,雪絨花,永遠祝福我家鄉。"

好多好多的雪絨花呀,小而白,潔而亮;好多好多的星星蓓蕾啊,燦爛瑩澈,眨着眼睛向黎莎微笑。雖然沒有那片絢麗的白光,沒有那顆鑽石行星,也足够璀璨奪目……

黎莎仰望着頭頂的星空,黎莎的眼前飄來了好多好多熟悉的影像:飄來了丹妮家童話般的飄雪的小屋,小屋裏丹妮和媽媽正在跪地祈禱和唱詩;飄來了大林與小馬淳樸的笑容和大林遠方的女兒燕子的"生日宴會"上寶石般的燭光;飄來了"福生孤兒院"裏獻出自己的眼睛,托着笨笨的腳讓他爬上窗台的機器人小科;飄來了收養蘇蘇和雨點的叔叔阿姨善良的眼神,以及脫離病魔纏繞的蘇蘇和帶淚歡笑的雨點;飄來了"青草地福利院"裏熱心的吳阿姨,以及天才盲女孩圓圓曼妙的天籟之歌聲;最後,飄來了救過他們的小毛驢,飄來了撲閃着翅膀盤旋在空中的靈靈……

然後,所有的笑臉和身影都隨着靈靈升了上去,升上絢麗的星空。而她自己卻還在火焰裏焚燒,焚燒着。"等等我!等等我呀!"黎莎喊着,可是她失聲了,完全喊不出聲音來。直到她在火焰裏慢慢冷卻,凝固……

那團火舌燃爆的同時發出的衝擊波,將奧特曼推後了好幾步,他重重地摔倒在地。等他爬起來揉了揉眼睛,卻怎麼也看不見煙霧裏黎莎的身影。

"黎莎!黎莎!"奧特曼帶着哭聲大喊,可是沒有回應。煙霧上方,反復縈繞着"雪絨花,雪絨花,白雪似的花兒美麗芬芳,永遠祝福我家鄉……"的歌聲,深情而柔美,清亮而雅潔。

消防車已經趕到了,隊員們帶着工具沖進了一樓,沖進了廚房。

阿姨們帶着小班的孩子們都在安全的地方睡下來了。只有吳阿姨帶着中班的孩子圍繞在福利院的門口,他們注視着火勢漸滅的樓房,哽咽不止,大些的孩子們向前伸着手,"黎莎,我們的公主!快出來呀!黎莎……"

消防隊長終於出來了,接大家進入了活動室。

事實上,火災很容易就解決了。但尋找黎莎費了一些時間。芭比公主黎莎救了孩子們,自己在撲火時遇到燃爆犧牲了。可奇怪的是,黎莎的身體陶瓷碎片一點兒也找不到,只找到一片蕾絲裙紗包裹着的一顆心形的寶石!

燈光下,隨着他小心地打開潔白的蕾絲裙紗,有水波似的光芒透射出來,那是一顆美輪美奐的鑽石,而且是稀有的珍貴無比的心形,正確地說,是一顆貴重的鑽石心臟!晶瑩剔透,熒光閃閃,足有5克拉重。在鑽石心上,還斜挂着一條十字架項鍊。

"是黎莎!她的生命煉成了一顆鑽石的心!"笨笨落淚了,他有生以來第一次痛哭了。

盲女孩圓圓驀地掙脫開吳阿姨的手,跪倒在地上大聲喊着:"黎莎公主!我——愛——你!"她的聲音又像原先一樣圓潤,一樣清純。

尾聲

冠冕上

　　傍晚，李丹妮走出動車，走出車站，上公交去另一座城市的福利院。她打開挎包，拉開一個口，讓笨笨的頭露出來。笨笨因二次違規被玩具界處罰了，終身禁止行動，丹妮把他接來了。他雖不能動，還是可以成爲見證的。

　　丹妮上大四了，而且成爲關愛殘障兒童的愛心大使，在實行期間四處去調研，去幫助那些有需要的殘疾兒童。每次，她都要講黎莎的故事，以及黎莎給我們的啓示。雖然事故之後有傳說那顆鑽石心不翼而飛了，可丹妮心中是有數的。

　　下車後，晚風習習，拂面而來，丹妮抬起頭，習慣地仰望夜空。星輝閃閃，她久久凝望着。她好像又看到了九重之上，好像又聽到了琴音裊裊中那一個親切的聲音：

　　"忍受試探的人是有福的。因爲他經過試驗以後，必得生命的冠冕，這是主應許給那些愛他之人的。"（雅1:12）

　　星空之上，九重之上，那張無比慈愛的笑容顯現出來，他頭上戴着許多冠冕。丹妮看到了一顆心形的鑽石,如星,就鑲嵌在其中的一個冠冕上。她知道,那就是黎莎。

丹妮笑了,她堅定地向前走去。

讀《星路上的公主》有感

××××××××××××××××××

黎正光

無疑,這是一篇虔誠基督徒之作,通篇寓含的是人類大愛和對人性之美的禮贊。人物性格鮮明,故事完整,構思也較爲新穎別致,是篇很不錯的小說。

讀後,我認爲此作有以下幾點突出優點:

一、對主角黎莎的刻劃描寫非常到位,所思所想和行爲方式符合特定人物身份設置;

二、用魔法師引出天文學知識和對黎莎未來命運的預言,較爲巧妙合理;

三、對邪惡勢力(《福生孤兒院》)揭露與鞭笞較爲到位,也極具現實性;

四、巧妙融進自然科學知識(鑽石的形成),既符合情節設計,也是不錯的選擇,對兒童和成人讀者均有知識教益;

五、對蘇蘇和雨點的塑造刻劃非常成功,人物性格鮮明生動,尤其是蘇蘇特殊之病的各種病態反應，更反襯了黎莎的優秀；

六、整篇小說對《聖經》摘句的引用非常到位，客觀上起到宣傳福音真理作用，也呈現出眾多基督徒心聲；

七、此小說凝有對真善美的追求，凝有博大人文情懷和愛憎分明的原則性；

八、此小說語言乾淨簡練，內容給人無限聯想和啟示，結尾也較有詩意。

祝賀作者董元靜，寫出了具有基督精神的好小說！

由於我太忙，遲複見諒。

最後，祝讀者們閱讀愉快！上帝同在！感恩再感恩！

2020年3月30日

黎正光：中國著名作家、詩人、著名影視編劇、製作人。這是他給作者的回信。

《民國神探之公館失竊案》

拇指工作室出品 （根據陳娟小說《曇花夢》改編）

青少年兒童推理懸疑讀物

《公館失竊案》是《民國神探》青少年偵探叢書系列之一，內容描述了發生在南京古都的一起真實的公館盜竊案。在戒備森嚴的公館區，兩天內連續發生了三起盜竊案。盜賊手法高明，不留蛛絲馬迹。神探神機妙算，三天內將失物完璧歸趙。此書將真實故事再現，妙手神偷、無字天書、親手抓拿並釋放了竊賊的神探......小說文句精練優美、邏輯嚴密。案件曲折離奇，情節跌宕，高潮疊起，扣人心弦。

此外根據小說所衍生的各類學習遊戲可以幫助青少年培養和鍛煉閱讀、思考、推理、觀察、判斷等綜合能力。錯綜複雜的犯案手法，抽絲剝繭的推理步驟，細膩慎密的思考過程以完整的敘事結構，培養青少年讀者的理解、整合、歸納能力。《民國神探之公館失竊案》從謀篇布局，到文字構思，都十分精彩，是一本非常適合青少年閱讀的推理懸疑讀物。

多角度	掃描二維碼聽故事
知識力	文理兼顧 全面學習
思考力	重重考證 再現懸案
歷史感	真實事件 高度還原

人文出版社
HUMANITIES PRESS

星路上的公主

策　　　劃	拇指工作室
作　　　者	董元靜
編　　　輯	羅浩珈
插　　　畫	陳家忠 德文
封 面 設 計	陳家忠 羅浩珈
出　　　版	人文出版社（香港）公司
地　　　址	香港荃灣沙咀道362號全發商業大廈20樓2002室
電　　　郵	info@hphp.hk
出 版 查 詢	+852-35211710
傳　　　真	+852-35211101
網　　　址	http://www.hphp.hk
出 版 日 期	2020年8月
圖 書 分 類	兒童宗教
國 際 書 號	978-988-74702-3-6
承　　　印	中華商務聯合印刷（廣東）有限公司
定　　　價	HK$66　NTD$260　RMB¥60

發 　行　 商	香港聯合書刊物流有限公司
地　　　址	香港新界大埔汀麗路36號中華商務印刷大廈3字樓
電　　　話	852-21502100
傳　　　真	852- 24073062

台灣總經銷	貿騰發賣股份有限公司
地　　　址	新北市中和區立德街136號6樓
電　　　話	886-2-82275988
傳　　　真	886-2-82275989
網　　　址	www.namode.com